廊橋都知道

張翎——著

目次

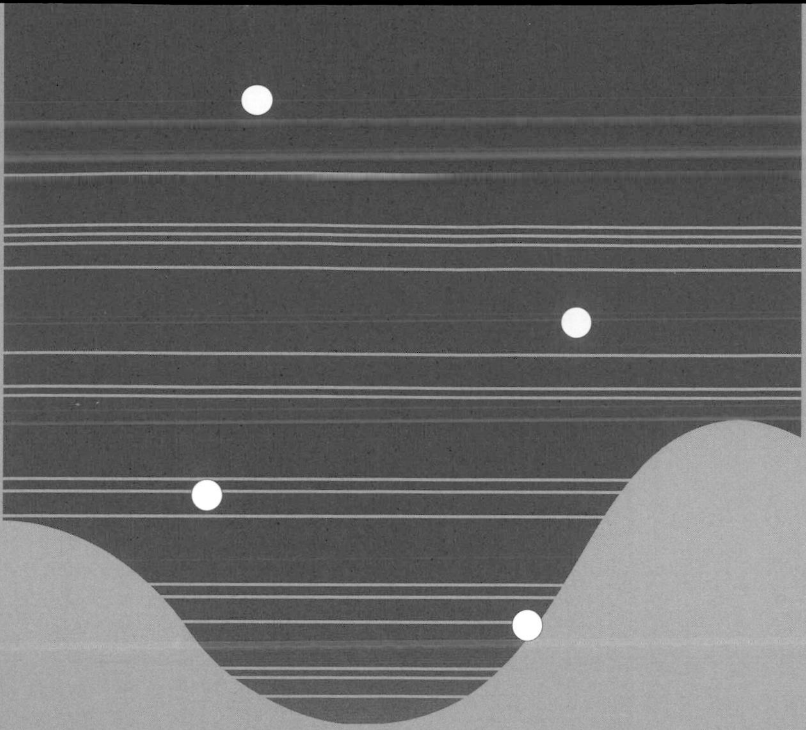

廊橋夜話

「一個人哪能兩次落到同一條河裡呢？我偏偏就落了兩次。」

阿貴媽對阿貴的老婆，也就是她自己的兒媳婦阿珠說。

這話她不是第一次說，也不會是最後一次。這話她還會叨叨絮絮地說很多次，不管阿珠聽不聽得懂。

這話最早她是從自己的女兒阿意，也就是阿貴的妹妹，那裡聽來的。那是十五年前的事了，那時候阿意是村裡唯一考上大學的人。阿意的腦子比一村人的腦子都擱在一起還要好使，阿意從書裡看見的東西，比別人站在山巔上看見的還要多。

阿貴媽嫁過來的這個村子，據說在雍正和乾隆爺手裡出過五個進士，所以得了個五進士的村名。文革的時候，改成了勝利村。那只是文件上的事，鄉下人叫順了口，依舊叫五進士。民不舉，官不辦，就一直叫了這麼些年。清朝的事，年月太久，終是考證不得了。村裡年壽最高的，就屬九十二歲的楊太公，他倒是真真切切地知道，從他記事起，這裡就沒出過一個大學生。老人們聚在一處時，就免不得歎息，說一個破村子，原本就受不起那麼大的福分，怕是先人把老天的氣數都耗盡了，後世就沒得大出息。直到後來阿意考上了大學，眾人才終於鬆了一口氣。

其實，阿貴媽最早從阿意那裡聽到的那句話，並不是這個版本。阿意的原話是：「人不能兩次踏進同一條河流。」這話也不是阿意的話，阿意說原話是一個叫赫拉克利特的古希臘人說的，意思是萬事萬物都無定性。一個人第二次踩進同一條河裡的時候，其實已經不是先前的那個人了，而水，也不是先前的水了。

阿貴媽當時是聽懂了的，她好歹在年輕的時候也是讀過初中的。只是這話經過阿貴媽的耳朵，存到她心裡，存得有些時日，就漸漸地變了味，不是起初的樣子了。等阿貴媽再把這存了十幾年的話翻出來，講給兒媳婦阿珠聽時，詞雖然變得不多，意思卻全擰了。阿意說的是世間萬事萬物時時刻刻都在變更，阿貴媽說的是日子怎麼繞過去，就還會怎麼繞回來，啥也不會變，因為人繞不過命。

阿意考上大學的消息，是縉雲的外公外婆先知道的。等阿意揣著錄取通知書回到五進士村，已是兩天後的事了，阿貴媽早讓阿貴爸把家裡的那頭牛宰完了，全村每一戶人家，都在仰頭等著分到一碗肉。阿意還沒走到村口，老遠就聞見了香味。

牛是阿貴家村前村後地借了五千塊錢買下的，已經在山上放養了大半年，原本想再等個一年半載，再養壯實些在集上賣了，好給阿貴說媳婦的。那一陣子的市價，一頭好牛能賣個一萬多塊錢。而阿貴二十六歲了，也算是老大不小的光棍了。可是阿貴娶親是一家人的事，阿意上大學是一村人的事，一家人的事和一村人的事掛在秤上稱一稱重量，孰輕孰重，那是閉著眼都看得清楚的。

其實，村裡人再起鬨讓宰牛請客，阿貴爸都沒太放在心上。真正把阿貴爸說得動了心的，不是阿貴媽的催促，而是楊太公的一句話。楊太公說文曲星靜了幾十年了，這回總算動了駕，必得好好迎一迎的，省得將來又斷了路。於是，阿貴的婚事就讓路給了阿意的喜事。只是當時誰也沒料到，這一讓，竟讓了這麼些時辰，等阿貴最終娶上媳婦，已經是九年後的事了。那年，阿貴三十五歲。

阿意的高考成績，是整個地區的前三，上北大清華都有可能，可是阿意卻選擇了在金華的省師範大學，因為師範生有生活補貼。阿意的家境，讓師範大學順手撿了個便宜。阿貴媽是懂得女兒心裡的憋屈的，可是懂也沒用，阿貴媽沒有懂的資本。

阿意走的那天，一村人都來送，烏泱泱的，在她身後聚成一大片雲。到了廊橋，阿貴爸讓女兒給眾人鞠了一躬，硬是把送行的人攔下了。阿貴媽獨自追上橋來，塞給阿意一個小手巾包。

「你拿著，到了縣城去買件新衣裳，顏色鮮亮些的，省得讓同學第一眼就把你瞧癟了。」阿貴媽悄悄對女兒說。

阿意那天穿的，是一件海軍藍帶兩條白槓槓的運動衫，高一的時候買的，已經穿了三年，衣裳洗得稀薄了，袖口磨出了毛邊，白不再是白，藍倒還是藍，只是不是海軍藍了。

阿意站在橋上，手裡捏著那個帶著潮氣的手巾包，沒有吭氣。半晌，阿貴媽才聽見她抽了一下鼻子。

後來阿意在路上把那個手巾包打開了，裡邊是三百五十塊錢，都是幾元幾角湊成的，卻疊得平平整整，大面值的在下，小面值的在上。阿意知道那每一張，都是阿媽從家用裡摳下來的體己。

從五進士到金華，都在同一個省，卻因了道路阻隔，要行千山萬水的路程。阿意得步行一兩個小時，搭上拖拉機到鎮上，再從鎮上坐汽車到縣城，再從縣城轉火車到金華。走過廊橋，就是另一個地界，另一片天地了。阿意望著橋下的河水，突然拽住了母親的手。

「媽，人不能兩次踏進同一條河流。」阿意說。

母親沒聽懂，阿意就解釋了一遍那話裡的意思。

「等我再回來時，我就不是現在的我了，河也不是現在的河了。」阿意說。

阿意鬆了母親的手，咚咚地朝橋的那頭走去。阿意還沒發育好，身板平平癟癟的，衣裳隨著她的步子一顫一顫，像一塊晾在晒衣桿上被風吹動的布。

那天天很好，太陽昇得很高了，熱是熱的，但不咬人，已經帶了些隱隱的秋意。陽光把山把樹把田把路都照得白白亮亮的，河面上泛著薄薄一層銀沫子。

阿貴媽很想拉住女兒，問一聲：「等你回來時，我還是現在的我嗎？」可是她沒來得及，阿意已經走遠了。

五進士村位於浙南和閩北交界處，是浙江的嘴在福建的頭頂上啃下來的一口肉。這地方海拔高，空氣好，無論是雨是晴，一年四季的景致裡都有一股外鄉不曾有的清冽之氣。進得村來，沿著一段還算平整的泥土路走到盡頭，便是一條被雨水洗得泛白的長石階，彎彎曲曲的一路通進山裡。山也與別處的山不同，沒有被採石人炸出斑斑駁駁的裸岩，倒是密密麻麻地長滿了樹木，從山腳的羊齒蕨毛竹林，到中間的苦櫧、香樟、欒樹、梧桐，再到高處的杉樹和松柏，層層疊疊的滿眼都是綠，卻又綠得各不相同。

走到山腳，朝左一拐，便是一條河。河沒有名字，就叫河。河並無什麼稀罕之處，就是鄉野常見的那種小河，水高的時候，只看得見水，水低了，才看得見河灘上的石頭。稀罕的是河上的那座廊橋，是道光年間建的，沒用一根釘子，每一條椽子每一塊木板都是用榫頭自然連接。橋壁中間有個神龕，早些年貼著毛主席像，現在供著觀音菩薩。兩邊的字畫就沒有準數了，年節時是喜慶的春聯年畫，耕種時節就換了應時的農諺。遇到上面有任務交代下來，那字畫的內容就跟著風潮走。

廊橋不算長，從這頭走到那頭，也就幾十步路。橋走到盡頭，就是幾級石階，順著石階走下去，落腳就到了福建地界。橋兩頭的人家，在一條橋上走來走去，早就廝混熟了，叫得出名字，也知道家裡有些什麼人，只是一開口，就能聽出口音的不同，便知道再熟的人也不是鄉親。

這樣的河流，在五進士那一帶隨處可見，可是那水落差大，河面上大都行不得船。鄉人守著一道又一道的水，一條又一條的廊橋，想要走到外邊的世界，終歸還要倚靠自己的兩隻腳。

泥土路的兩邊，一路到山腳下，都是一排一排錯錯落落的民屋。楊太公說自他記事起，就沒見著五進士村裡有誰蓋過新房，至多只是找人修一修漏雨的瓦，補一補塌陷的牆，換一換被狗拱出窟窿的竹籬笆。所以，五進士村裡的房屋，到今天都還是老瓦老牆老門窗老地板，風一過，滿山滿路都是聲響，山上是樹葉子刷刷的摩擦聲，路上是板壁和門窗吱吱呀呀的呻吟。

這地方交通不便，即使在多年之後修了公路，從公路開車進村裡，還得曲里拐彎地開上好一段路，所以村裡很少有外人來。偶爾陰差陽錯竄進來幾個遊客——大多是走錯路的，總愛大驚小怪地誇幾句民風啊傳統啊原生態啊之類的話。那是城裡人的話，五進士村的人不愛聽。城裡人用一大堆詞語還解釋不明白的事，五進士的人一個字就夠用了。那個字是「窮」。五進士的人不想守舊，也不要原生態，他們倒願意跟上世間的潮流。他們真想拆掉那一片片漏雨漏風漏話的破房子，住一住貼著馬賽克牆面的樓房，可是他們口袋裡的那幾個錢，卻只夠他們做個關於樓房的夢。

五進士地勢高，天時冷，　年只能種一季莊稼，能收的瓜果種類也少。村裡常年多霧，倒是個種茶的好地方，只是北邊已經有了龍井，南邊也有了烏龍、大紅袍、鐵觀音，五進士的雜牌貨，賣不得幾個錢，只能採製了自己喝，或拿來送一送那些不講究的客人。五進士又不靠海，非但不能以海產謀生，就是尋常日子裡想吃一口海鮮，也是極不容易，得等著福建那邊的小販挑上來賣，那也只能是晒乾了的鹹魚。

五進士村是有一片好山水，可那一片山水既做不得吃，也做不得穿，只僅僅做了個擺設，這裡的人過的是緊巴巴的苦日子。這樣的日子，若在窮山惡水間，倒還容易捱些。苦日子放在這樣鍾靈毓秀的地方，就好比守著一個糖罐子吞黃連，過起來反而更是多了幾分煎熬。這裡的男人都得打上幾年光棍，才娶得起一門親。娶了親，住的依舊是爹娘結婚時住的那間屋，睡的還是爹娘成親時睡過的那張床，從漏風的窗口望出去，還是爹娘年輕時見過的那爿天。世世代代，祖祖輩輩。

阿貴媽事先不知道這些。等阿貴媽明白真相時，她已經從李月嬌變成了阿貴媽。

阿貴媽在還是李月嬌的時候，家住在縉雲縣城。縉雲和五進士村相隔三百來公里，原本八竿子也打不著，偏偏老天爺好事，小指頭輕輕一彈，就把五進士撥入了縉雲眼中。

那時李月嬌十九歲，初中畢業好幾年了，找不到工作，就在家裡閒待著，有一搭沒一搭地幫著母親做點針線活賺點零花。她父親在縣城的供銷社工作，工資不高，卻因手頭總有各樣緊俏貨物經過，家裡的日子就過得比別人鮮活。李家沒人真指望月嬌出去掙錢，爹娘的心願無非是找個穩妥的人家把她嫁了，就算了卻一樁心事。

那年八月，月嬌的爸弄到了幾方木材，想給家裡打個五斗櫥和桌子，剩下的，就做幾樣圓木家伙，預備著給月嬌當嫁妝。有一天，他往家裡領進了一個陌生人，說是熟人介紹來的木匠。

月嬌正坐在屋裡織毛衣，房門開著，她就看見那人面皮白白淨淨，眼睛大大亮亮的，頭髮剪得很短，鬢角是修過的。身上穿了一件洗得認不出顏色了的襯衫，舊是舊了，卻還乾淨平整，口袋裡插著一桿自來水筆。到現在回想起來，她也說不清楚那天到底是什麼東西讓她心裡突然咯噔了一下的。也許就是那桿自來水筆——她從小就喜歡那些看起來有見識的人。

就在她打量那個男人的時候，男人也在打量她。她只有一雙眼睛，而男人的眼睛很多，身前身後都有。男人和阿爸說著話，眉毛下的那雙眼睛規規矩矩地看著阿爸，額頭上的那雙眼睛卻在直愣愣地看著她。男人一眼就看見了她腮幫子上那一對大酒窩，那玩意兒像兩口被風吹過的小河塘，襯得她的臉頓時鮮活起來，眉眼裡往外汩汩地淌著笑意。男人心想要是把這個女人領回家來，撂倒在床上，怕是被子都要笑出聲響來。

後來男人才明白女人的笑顏不是老天給的，而是好日子餵養出來的。好日子沒了，酒窩就成了兩個乾涸的坑，他就再也沒看她這樣笑過。

月嬌在屋裡織著毛衣，眼睛耳朵和手脫了鉤，各自幹著各自的事，就老是錯針，織了拆，拆了織。她聽見男人用有點拗口的普通話，和阿爸說著話。他說他叫楊廣全，是慶元邊上的人，今年二十三歲，家裡有父母和兩個兄弟。他從小就跟著一個族叔學了木匠手藝，家裡幹農活的壯勞力夠了，一年的口糧不成問題，他就偷偷跑出來攬點木工的活，掙點外快。

男人那天說的話，除了名字和木匠手藝之外，沒有一句是真的。其實男人進她家院門的時候，也沒想說假話，撒謊是在見到月嬌之後才臨時生出來的心思。男人自己也暗地裡吃驚，他竟然能把假話說得如此熟門熟路，彷彿他已經練了一輩子的嘴皮功夫。

男人在月嬌家裡住了半個月，眼裡到處是活。除了做木工，歇息的時候他幫月嬌的媽挑水、捏煤餅、修晒衣服的竹架，甚至殺雞，殺完了就把拔下的雞毛給月嬌的妹妹做毽子。他很快和月嬌一家廝混熟了，連那隻守門的惡狗，見了他也低了聲氣，露出一臉賤相。飯桌上，他給他們講一路攬活遇見的新鮮事，有的是他親眼所見，有的是他道聽途說的。是不是他的，他都拿來當自己的事說，聽得一桌子的人大呼小叫，嘖嘖驚歎。只有月嬌不怎麼和他搭話，吃飯時兩人眼睛若是撞上了，她總是立刻就躲了。這一躲，他的心就踏實了。

快要完工的時候，他找了個媒人，來李家提親。爸媽問月嬌的意思，月嬌不吱聲，臉兒卻紅了，一路紅到了頸子。月嬌媽把月嬌爸拽到灶房，低聲說怕是太遠了。月嬌爸說嫁到哪裡都是別人家的人，人好手藝活泛，這才是緊要的。

月嬌爸出來，只問了他一個問題，就是文化水平。楊廣全要了一張紙一桿筆，趴在那張他剛打好的木桌上，寫了兩行字：「四海翻騰雲水怒，五洲震盪風雷激。」他沒念過中學，但在公社的民兵訓練營裡受過幾個月的培訓，那也是好幾年前的事了，從那以後他既沒再捏過筆也沒再拿過槍。可那天那幾個字卻寫得方方正正，挺有那麼幾分架勢，連他自己看了都吃驚。他覺得那天的字根本就不是他的字，分明是老天爺在搬弄使喚他的手指頭。一個人運氣來的時候，那是連山也抵擋不住的。

月嬌爸看了他的字，不語。過了一會兒，才說總得有樣彩禮吧？我們這樣的人家，不缺東西，只為給阿嬌留一樣念心兒。

這會輪到楊廣全不吭聲了。半晌，他才說一個月，給我一個月。中秋的時候，我再來，帶只手錶過來，給她。

事情就這樣定了。

臨行的前一天，趁著家裡沒人，就在月嬌的床上，楊廣全做了該做的事，把生米煮成了熟飯。米雖然是生的，那天的飯卻煮得不軟不硬，恰到好處。月嬌是第一次，廣全卻不是。這幾年走街串巷攬活，他混過幾個相好的，都是寡婦，或是活寡婦。他有過經驗，自然知道輕重緩急。

從那天之後，月嬌就天天盼著他的歸期。

中秋節到了，楊廣全沒來。

十一月到了，又過了，楊廣全還是沒來。

月嬌開始心慌了，她這才想起，她竟然沒有問他討過郵政地址。她縱想給他寫封信，寫了也沒處可寄。

等楊廣全終於敲響她家大門的時候，已經是十二月底了。他說是家裡老人突然病了，脫不開身。月嬌沒想到，楊廣全其實是為了湊足兩個人的來回路費和給月嬌媽的那個紅封，才耽擱了這麼多天。

楊廣全晚是晚了，卻沒有失信，他給月嬌帶來了一只上海牌手錶。錶是男式的，玻璃面上有幾道淺淺的刮痕。他說女錶太緊俏，他沒弄到計畫票。他還說是他侄兒拿了錶在灶房玩，把錶掉在地上刮傷了錶蒙*1。

月嬌沒在意。試了試錶，有點大，有點沉，但她還是歡喜得緊，戴上了就再也沒捨得摘下。

兩天後楊廣全帶著李月嬌離開了縉雲，一路上轉了三趟車，然後就下車步行。那路似乎是越走越遠，怎麼也走不到頭。月嬌的腳上磨起了血泡，楊廣全總是說「快了快了，再有一里地就到」。

在無數個「一里地」之後，他們終於走到了家。楊廣全跟月嬌爸說的「家住慶元邊上」的話，倒也不完全是假話，只是這一「邊上」，就邊出了近百公里。

月嬌跟著楊廣全進了村，遠遠地，就看見村口站著一個人，像是迎候了多時。楊廣全見了那人，臉上紅一陣白一陣，結結巴巴地問能不能寬幾日？那人緊了臉，說你走的時候說是一個星期，如今都快半個月了，我表哥急得要殺人，一天也不能再拖延了。楊廣全就撩起月嬌的袖子，擼下那隻手錶，給了那人——這

1 錶面。

錶原是那人跟他在鎮上工作的親戚借的。

那天李月嬌還發現了許多別的事。李月嬌發現的每一件事，都像是一場地震，把她十九年裡搭起來的小世界，震成一堆碎片。楊廣全有一個半身不遂的寡母，一個才十六歲的弟弟，一個常年犯哮喘的哥哥，一個啞巴嫂子，還有兩個七歲和九歲的姪女。楊家的壯勞力，其實只有楊廣全一人。楊廣全掙下的工分，到了年底一結算，還不夠糊楊廣全自己的一張嘴，所以楊廣全就把工分扔了不要，偷偷跑到外頭攬木工活。楊廣全是村裡第一個跑碼頭混飯吃的人，那時離五進士的年輕人把土地扔給爹媽自己進城打工的年代，早出了二十年。他算得上是一方的能人，可他再能耐，一個人掙來的糧米遭這麼多張嘴一分，誰也沒能吃個全飽。他長了一副好皮囊，又有一門好手藝，賴女子他瞧不上眼，好女子又不肯嫁進他家這個無底洞，等到他把李月嬌領進家門的時候，他已經是個二十八歲的老光棍。

李月嬌看見了楊廣全家的情景，就把自己關進楊家堆放柴火的那間小茅草屋裡，不肯出來見人。那屋裡擺放著她爸給她做陪嫁用的、楊廣全親手打的馬桶和洗衣盆。她怔怔地看著那只馬桶發愣。她覺得日子就像是這個馬桶，外表塗著清亮的桐油，蓋子上雕著龍鳳花紋，直到哪天突然掀開蓋子，才發現裡頭是一灘飛著紅頭綠蠅的屎。她爹娘讓她過了十九年捂著蓋子的光鮮時光，彷彿就是為了預備著她後面要過的揭了蓋子的爛糟日子。想到後面的日子還這樣長，她忍不住打了個寒噤。

楊廣全的媽讓楊廣全背著，過來推柴火屋的門。婆婆看了一眼月嬌已經開始走形的腰身，口氣不軟不硬，目光卻是凌厲。

「女人這事上沒把守，怨不得男人。你還要他怎麼樣呢？給你媽的那個信封，張張是新票，數字都連著，是他託了人到縣城換的。為那只手錶，他給人磕過頭。哪天我走了，都不知道他會不會給我磕頭。」

李月嬌覺得婆婆一下子扯去了她身上的褲頭。楊廣全精心設計的那些路數，原來在整個楊家都是公開的祕密。楊家所有的人都參與了這事，個個都在那個騙局裡留下了指紋。現在他們聚在一起，可以把她當作笑話：一個縉雲來的、好人家的、讀過中學的、臉上有兩個酒窩的美人兒，原來是個只用幾句好話、一只借來的舊手錶、幾張號碼相連的新紙鈔就能騙到手的蠢貨。

不，這個蠢貨遠比這還蠢。在還沒有見到那只舊手錶和號碼相連的新紙鈔時，她就已經把自己的最後一道門開給他了。這道門一開，她再也關不上了，從此她在這家人面前一覽無餘，永無抬頭之日。

「出來吧，你不能在裡頭待一輩子，日子總要過的。」婆婆說。

那一刻，只要楊廣全說句話，哪怕遞給她一塊擦眼淚的帕子，她興許還不會生出走的念頭。可是他沒有。那條在縉雲時能把惡狗都說軟了的舌頭，在他的寡母面前，突然就失去了彈簧。

第二天早上，天還沒大亮，李月嬌藉著解手，偷偷溜出了楊家的門。她完全不熟五進士的路，但她順著土路往前走了幾步，就看見了廊橋和橋下的那條河。前一天她是從廊橋那頭繞道福建地界進的村，她順著原路從廊橋走回去，總歸能找到路。她什麼也沒帶，但兜裡還揣著母親臨行前給她壓路的四十塊錢。有了這四十塊錢，再加上一張敢開口問路的嘴，她就是走多少彎路，也還能走回縉雲。

直到這時，她才醒悟過來她其實是個有膽量的人。

她走過廊橋，走到了路上，把頭巾扯得很低，遮住了大半張臉。她走一陣子，累了，就找戶人家坐一下，歇一歇腳。後來才知道，就在她歇腳的工夫，她躲過了楊家尋找她的人。走到中午時分，她感覺身子越發寒冷起來——她知道那是餓了。她從路邊買了兩個番薯粉窩頭和一碗熱水，坐在一塊石頭上吃了起來。正喝著水，突然，肚子裡有一樣東西，狠狠地踢了她一下，她不防，身子抽了一抽。這一抽，就把她抽醒了。

她是有阿爸的。她的阿爸也有阿爸，那是她的爺爺。她的爺爺也是有阿爸的，那是她的太爺，她很小的時候見過。

她肚子裡的這團肉，不能成為沒有爸的娃。

她站起來，又順著原路往五進士村走。進屋的時候，天已經黑透了，屋裡昏昏的點了一條竹篾。篾條在水裡泡浸過多日，發過酵，泛著一股酸腐之氣。飯桌上剩著半碗番薯絲，面上蓋了薄薄一層糙米。她端起來，一口不剩地吃完了。

她知道屋裡所有的角落都坐著人，所有的眼睛都在看她，可是誰也沒問她去了哪兒。她放下碗，才聽見有人歎了一口氣。那是她婆婆。婆婆的床就鋪在飯桌邊上，圖的是方便。

「阿全去公社給你爸打過電話，你爸說了，沒嫁時說的是沒嫁的話。嫁了，就是嫁了，這事沒有回頭的路。」婆婆說。

窗前的牆根處有一個紅點了，一忽兒明，一忽兒暗，月嬌知道那是楊廣全蹲在地上抽菸。

她沒吭聲。他也沒有。

他們吃定了她沒有後路，所以他們並不慌張。

「人是逃不過命的。」婆婆窸窸窣窣地挪動著手臂，想翻身，可是腿沒聽手，也沒聽腦子，身下的床板嘎吱嘎吱地叫喚。

六個月後，她生下阿貴，跟村裡其他有了娃的女人一樣，被人叫作了阿貴媽。李月嬌的名字，除了偶爾被郵遞員使過，已經漸漸被人淡忘。

「有誰會兩次落到同一條河裡去呢？除了我。命啊，那就是命。」

阿貴媽對兒媳阿珠說。

已經四月了，可今年的春天比往年都冷，天總是陰沉著臉，就連風，也比往年刁狠，吹過泥土路，帶起一條灰裡夾黃的飛塵，嗚嗚的，像狼吼。難得今天雲薄了，風也靜了些，阿貴媽就把凳子搬到院子裡摘豆角。

阿珠坐在離阿貴媽幾步遠的地方，在奶她的老二小河。小河是個女娃，才六個月大，嘖嘖有聲地咂著阿珠的奶頭，眉心蹙成一個小肉球，彷彿在操心天下大事。

阿珠聽著婆婆說話，嘴角往上挑了一挑，這一笑，就算是回應了。阿珠來五進士村已經五年了，阿貴媽到現在也不知道她到底聽懂了多少當地話。其實，聽沒聽懂都不打緊，阿貴媽只想有一個能對著說話的人。阿珠嘴緊，就算是全聽懂了，也不會把話傳出這個院門。阿珠不像別家的小媳婦，有事沒事愛東家進西家出的串門子。阿珠唯一往來的人，就是那個嫁給了鄰村的表姊。表姊來家裡看阿珠，兩人就會關起門來，像老鼠商量嫁女似的，嘰嘰咕咕地有說不完的話。

阿貴媽不怕阿珠守不住嘴上的門，倒是擔心阿珠嘴上的鎖太沉。自從阿珠嫁進門，阿貴媽就覺得阿珠話太少了，少得叫阿貴媽心裡暗暗吊著一根繩，總覺得一個年紀輕輕的女子，嘴上掛了這麼沉的一把鎖，難免讓人揣測裡邊鎖的是什麼，她害怕哪天阿珠會爆出一個石破天驚的祕密。

這個春天，離阿貴媽被楊廣全領進五進士村的那個冬天，已經過去了差不多四十二年。四十二年裡，楊家的這個破院落裡添過人，也走過人，算起來，添的還是不抵走的人多。

婆婆是三十四年前走的，那時她正懷著阿意。大伯子是婆婆走後的第五年走的，到底沒捱過哮喘。大伯子走的時候，兩個女兒都已經出嫁了，他的啞巴老婆不願守在五進士，就回了娘家。小叔子很早就去了福建壽寧打工，混到四十歲，才娶上了一個拖著油瓶的寡婦，就把家落在了壽寧。阿意是最後一個離家的。她師範大學畢業後，考了研，又出國讀了博士，現在在法國的一家生化實驗室做研究員。阿貴這幾年去了慶元縣城，給一個運輸隊老闆打工，半個月回一趟家。楊廣全早就不出去攬活了，一朝有一朝的時髦，如今人人買集成家具，他的木匠手藝也就漸漸荒廢了。現在村裡有人在種殖蘑菇，他時不時去菇棚搭把手。他不在的時候，家裡就只剩下阿貴媽和阿珠婆媳倆，還有阿珠的兩個娃。

阿珠的老大是個男娃，四歲零兩個月，叫小樹。小樹這會兒正站在院子裡的那棵桃樹邊上，拿了根小樹棍捅一個樹洞，腳尖踮得很高，鼻子貼在樹幹上，像在嗅樹皮。

「你整天也沒什麼事，抽空帶他去鎮裡的婦幼保健站查一查眼睛，別是近視。」阿貴媽扭過臉來，盯著阿珠囑咐了一句。阿貴媽要從阿珠那裡討句回話的時候，就得追著她的眼神。

「嗯。」阿珠點頭答應了一聲。

阿貴媽這句話表皮上的重點，是查眼睛，而表皮下還有個重點，卻是「沒什麼事」，阿珠聽得懂這個意思。阿珠剛嫁過來時，還幹過農活。即使生了小樹，也背著孩子下過地。那時阿貴已經去縣城打工了，只能在農忙時請假回來救幾天急。阿珠插秧，間苗，割稻子，脫粒，樣樣都幹過。她在田裡一站，阿貴媽一看就知道不是生手。阿珠說自己原先在工廠的流水線上做裝配工，一個月掙相當於一千五百塊人民幣的工資，阿貴媽是不信的。一個月掙這個數的女人，怎麼肯嫁到五進士村這樣的地方？

自從生下老二小河，阿珠就再也不下地了，兩個孩子成了她的地，三百六十五天每天二十四小時都有活。現在家裡種地的主力，反而成了楊廣全。實在忙不過來，最多請個臨時幫工。楊廣全年輕時走街串巷攢下了好身骨，到今天也還有積餘。年近七十的他，駕轅犁田，也還不輸給他四十一歲的兒子。

阿珠實在不算是個好看的女子，一眼就知道是那一帶的人，面皮黝黑，顴骨很高，眼窩很深，雙頰上有一片日頭咬出來的雀斑。可是阿珠的臉上有一種安靜，不是悲苦的、逆來順受的、讓人見了禁不住生出負罪之心的安靜，而是一種飛塵落地、細水靜流的安寧。這安寧就把阿珠救了，教她的醜變成了順眼，愚鈍變成了隨和。

阿珠是越南人，娘家在永隆省龍湖縣的一個村裡。阿貴查過地圖，永隆省是越南那條長蛇一樣的版圖裡靠近尾巴梢上的一個小紅點，而龍湖縣卻壓根沒有標注，阿貴拿放大鏡查了幾個版本的地圖，都沒找見。在結婚證明紙上，阿珠的越南名字很長，字母上爬著幾個奇形怪狀的小蝌蚪，阿貴怎麼也猜不出發音。後來看了中文翻譯，才知道是阮氏青明珠。這麼長的名字，唸起來中間幾乎得換一口氣，阿貴懶，就挑了一個字出來，叫她阿珠。倒是奇怪，阿珠生了孩子之後，村裡人還是叫她阿珠，而不是小樹媽。這百年古風是什麼時候變的？誰也說不上來。

有一次阿貴同阿珠去城裡辦簽證延期，碰到一個精通越南文化的辦事員，才第一次弄明白那五個字是怎麼回事。那人告訴阿貴：「阮」是姓，「氏」是墊名，和中文一樣是表示性別和聯宗續譜的意思，「青」是輩名，「明珠」才是阿珠真正的名字。辦事員說阿珠的祖上大約是個講究的人家，嚴格按照傳統慣例把所有的墊名都用上了。若放在新潮懶散一點的人家，就會省去墊名，簡化成為「阮明珠」。

阿貴聽了一愣，感覺自己像個土老財，把個大戶人家的小姐當作丫鬟隨便收來做了小。回家的路上，他把這層意思講給阿珠聽了。意思複雜，他換了幾種說法幾個比方，阿珠只是笑，卻不說話。跟阿珠聊天就有這層麻煩，你永遠不知道她的點頭裡有多少含金量。她既不追問，也很少接茬，她的微笑裡隱含著七七四十九種可能的回答。

那年阿意考上大學，楊家殺了牛請全村開宴。後來的兩年裡，全家一直在攢錢還買牛時的借款。終於還清了債，就接著攢錢給阿貴娶媳婦。錢倒是一年攢得比一年多，卻總也趕不上彩禮的漲幅，一年又一年，幾乎年年面對的都是同樣大小的缺口。到了第九年，鄰村有人過來到五進士看親戚，說起他們村裡的光棍到越南和柬埔寨討了老婆，因為那邊要的彩禮，比這邊少幾萬。阿貴聽了就動了心思。

後來鄰村的人又過來說，他們村的一個越南媳婦，有一個表妹也想嫁到中國來。阿貴讓那個女子牽了線，和她的表妹通了一次視頻，各自找了個翻譯，半通不通地說了半個小時的話，就把這事給定了。阿貴繞過婚姻介紹所，省下了一筆中介費，自己去了一趟越南，辦了結婚手續，就把女孩從她媽手裡領回了家。

阿珠剛來那一陣子，阿貴說什麼她也聽不懂。阿貴只能一邊打手勢，一邊吼。兩人靠著手勢，實在不行了就在紙上畫個圖，慢慢的，就把話說通了。其實說通的，只是些日常的皮毛。還有一些事是一時半刻說不通的，那就只能在床上解決。兩人一到床上，就什麼都通了。

阿貴終於娶上了媳婦，阿貴媽鬆了一大口氣，但腦子裡也隱隱吊著一根筋——她總覺得這樣娶過來的女人來路不明。有一回，阿珠忘了鎖門，阿貴媽進那屋找東西，冷不丁撞見阿珠在換衣服。阿貴媽突然發覺阿珠的肚皮上，有幾道奇奇怪怪的紋路。出來就忍不住告訴了楊廣全，說一個二十來歲的女娃，怎麼會有這樣的肚皮，誰知道先前都幹過些什麼。

楊廣全聽了，只是抽菸。菸都燒到了指頭才驚醒過來，扔到地上，拿腳碾滅了，才說：「這事別跟阿貴去胡說。」

小樹掏膩了樹洞，就丟了樹棍，找了根晒衣服的竹竿，滿院子亂舞，嘴裡咻咻地喊著「大刀，殺，殺！」院裡的雞驚得四下飛跳，揚起一地雞毛。

阿珠見了，忙進屋拿出一個蘋果，用衣襟擦乾淨了，塞到小樹嘴裡，才消停下來。

蘋果存了有些時日了，果皮蔫蔫的，一嘴啃不透，兩三嘴下去，才咬落了一口。小樹不愛吃，扔回給阿珠。阿珠咬了幾口，就放回到桌子上，剩下的果肉很快泛起了一層黃皮。

「天殺的。」阿貴媽心裡罵道。

阿貴已經兩個月沒有回家了，說這陣子活緊，要加班。這蘋果該是前次帶回來的。阿貴買回來的，都是縣城裡最新鮮的水果，這樣的貨色，別說五進士，就是鎮裡也很難見著。阿貴買水果，不是一斤，也不是五斤、十斤，一買就是二、三十斤，用塑料編織袋扛回家。蘋果、雪梨、荔枝、芒果、水蜜桃、波羅，哪個時鮮買哪個。阿貴媽問他是個什麼價，他也不說。後來阿貴媽問了別人，才知道，心口就像杵進了一根棍子。再見著阿貴，就忍不住數落：「你老娘我這把年紀了還做牛做馬，也沒見你給我買個橘子、蘋果。」

阿貴聽出了這話裡頭的怨氣，就笑，說：「我只給她媽留了五千塊錢，就把人領回來了。那省下的彩禮，能買多少斤水果？他們越南人，也就愛這一口，又不是什麼鮑魚、人參。」

阿貴媽一下子給噎得死死的，竟找不到一句回話。她還沒擦到兒媳婦的皮，就讓兒子不軟不硬的擋了回去。當年她婆婆拿著刀子要剜她的心，她的丈夫連口大氣也不敢出。她想不明白，在老婆和媽中間，挑了站在媽一頭的男人，到底是漢子，還是膿包。若是在當年，她情願她的丈夫能像今天的兒子。可到了今天，她又寧願她的兒子能像當年的丈夫。

阿貴媽摘完豆角，摸摸索索地從兜裡掏出手機，給阿貴打電話。這電話是阿貴淘汰下來的諾基亞，現在市面上根本找不到這一款了，字盤大，阿貴媽不用戴老花鏡，也能看得清數字。

那頭沒人，阿貴媽只好留了言。

「你咋總不接電話？再提醒你一遍，阿意週日回國，飛到上海住一夜，第二天到家。你這麼久沒回來，這次怎麼也得請個假，最好週六就到家。殺牛的事你得幫著你爸。」

阿貴媽說著電話，就覺出了手背上的熱，那是阿珠的眼神。阿珠原先也是有手機的，還是個新牌子，可是阿珠隔三岔五就往越南家裡打電話，一打就是一兩個小時。阿珠說什麼，他們也聽不懂，聽上去口氣平平的，不像在訴苦，倒像是無關緊要的家常瑣碎。阿貴就跟他媽說這人平日連個屁都不放，怎麼到了電話上就有這麼多的話。阿貴媽說她這是把平時憋著的話都放到了電話裡，說完了，大概就消停了。國際長途話費貴，阿貴往卡上充多少錢也經不得阿珠這麼打，欠款沒及時交，就上了電話公司的黑名單，害得阿貴自己要使電話，也只能用別人的名字來辦理號碼。後來阿貴只好把阿珠的手機沒收了。

「週六，哦，還有那個，三天。」阿珠喃喃地說。阿珠的中國話裡，帶著濃重的越南口音，句子拆得很短，詞序也常常有錯。不過，楊家的人都懂。

「你把那間屋子好好收拾收拾，床板整個擦一遍，用熱水，阿意看不得這個髒。」阿貴媽說。

這些年裡，楊家院子裡住的人一個一個走了，阿貴媽先是把那些人的被褥衣物洗了，後來就把那些擋著道的床鋪撤了。那些人走是走了，卻把氣味留下了。婆婆褥瘡的腐爛味，大伯子腥甜的痰，小叔子結成痂的油垢……阿貴媽把他們的東西泡在皂角水裡，洗了又洗，在大太陽底下曝晒，可是沒用。後來阿貴媽才明白，人有皮，屋子也有。人只要在屋子裡住過了，氣味就鑽進了屋子的毛孔，長長久久地存著。

屋裡還留著一樣她無法準確形容的氣味，有點像奶香，有點像月桂，也有點像太陽底下的河水。那是她的女兒阿意。阿意年輕，年輕人的氣味淡，她找阿意，得先層層穿過所有其他的氣味，像一條尋食的狗，拱開臭烘烘的垃圾，才能發現裡頭藏的那一小塊肉骨頭。

人一個一個地離開了，就有房間空出來了。蜘蛛是最先知道的，在每一個角落瘋狂地結網，掃帚的速度遠遠趕不上。接著是老鼠、螞蟻、蟑螂。牠們在人騰出來的地盤上壘窩築巢，繁衍子孫。阿貴媽只好拿把鎖，把空房間鎖了，眼不見為淨。

後來隨著時間一年年過去，所有的氣味都變淡了，阿意的就變得更淡。有時阿貴媽躺在床上，捧著枕頭，回想著阿意的腳擱在她枕頭上的樣子——阿意寒暑假回家，一直和她睡一張床，一個睡這頭，一個睡那頭。其實這枕頭早就不是那枕頭了，她還是忍不住嗅了又嗅。她甚至盼著那些爛糟糟的氣味都能回來——為了聞見阿意，她寧願再把鼻子糟踐一遍。

她總覺得阿貴是替楊廣全生的，而阿意才是她自己的。她傳給兒子的是她的骨骼皮肉，而她自己的精神氣血，卻獨獨留給了女兒。阿意是她十九歲那年沒做完的夢，只要阿意在，她就能找見回到十九歲的那條路。阿意在，楊家的破院落就不再是個黑洞，阿意教一整個屋子有了光有了風。

她對阿意的偏心，連家裡的鍋勺都看得清楚。阿意在家的日子裡，她舀給阿意的那碗粥，總比阿貴的稠。楊家所有的人，包括大伯子的兩個女兒，都得下地幹活，可是阿意連放農忙假回家的那幾天裡，也只用到田頭送幾次茶水飯食。

阿意不僅沒下過地，阿意也沒採過茶，砍過柴，煮過豬食。阿意做過的家務活，不過就是背著簍子去河邊洗幾件衣裳，或是縫一縫家裡磨破了後跟的襪子。為了阿意，阿貴媽和楊家所有的人都撕破過面皮，包括那個向來老實的啞巴妯娌。幸好楊廣全的媽死在了阿意出世之前，否則她無法想像會是怎樣一場惡戰。護起阿意來，她就變了個人，像頭得了失心瘋的母獅子。可是五進士的人從來不吃嗓門，也不吃脾氣，五進士的人只認本事。阿貴媽最終讓人服了她，還是因為她一個人幹了三個人的活。婆婆死後，她就成了楊家的當家人。當家人惡水缸，楊家的鍋碗瓢盆油瓶抹布，見了她都煩。

那些年楊廣全經常在外邊攬活，分田到戶之後，也是如此。木匠的活，總比田裡的活掙得多。他賺的錢，並不全交給她，她遇上用場，就得一樣一樣地跟他討。楊廣全的錢包像是一只水壓很低的龍頭，擰到最大，出的水也只是滴滴答答。他不是有意苛待她，他只是覺得只有當她跟他討錢的時候，他在她面前還有幾分顏面。他是家裡唯一能掙現錢的人，楊家的板凳見了他，都敬他三分。只有她不。

自從她進了他家的門，他就漸漸變了一個人，幾乎木訥寡言。她覺得他一輩子的話，都在縉雲的那些日子和帶她回家的路上說完了。那時的他，像魚肚子裡的那個鰾，大大的，飽飽的，閃著五顏六色的光。那鰾在他領她進村的那一刻就被戳破了，癟了下去，再也沒能鼓回來。他大概真是歡喜她的，他把他一輩子的精氣神，都攢在那一小段日子裡，煙花一樣地放給她看了。可是歡喜頂什麼用呢？歡喜頂不過日子的軟纏硬磨，磨破了，就再不能補。她不恨他，只是把對他的心死了。

阿意沒讓她失望。阿意把幹活省下來的時間和心思，都放在了讀書上。阿意讀了這麼多年書，一路讀到法蘭西，沒用過家裡一分錢。阿意叫五進士所有的人家都明白了一個道理：養對了一個女兒，勝過養三個不爭氣的兒子。當年李月嬌的爸在縉雲對楊廣全的所有期許，到後來證明都是虛空，而楊廣全唯一給過她的一樣實實在在的好東西，卻是她阿爸和楊廣全都沒有期許過的，那就是阿意。

人有三等六樣，驢也是。有的驢看起來高大碩健，器宇軒昂，卻空有了一副好皮囊，實則氣力虛弱；有的驢外表矮小瘦弱，其實內裡堅實，走得了遠路；有的驢看人行事，偷奸耍滑；也有的驢老老實實，忍辱負重。如此一一不等。

阿貴打工的那家運輸公司，有好幾隊人馬，大貨車，小斗車，皮卡。阿貴不在任何一個車隊做事，阿貴管的是毛驢。運建材上山，尤其是在沒有現成的路的地方，毛驢是最省錢省事的交通工具。

而小青，則是整個驢隊裡最肯吃虧的那一頭驢子。

小青看起來不起眼，哪兒都短小，腰身，鬃毛，蹄爪，尾巴。廝混熟了才知道，牠的短小其實是精悍。小青身上唯一出奇的地方，是眼睛。小青的眼睛極大，外邊圍著一個京劇臉譜似的白圈，睫毛長而濃密，一張一合之間，便有各樣神情流出。小青看人的時候，能把人看得打一激靈，教人覺得牠隨時要開口說話。阿貴總覺得小青聽得懂他的話，阿貴哼一聲，牠就知道他的意思，所以他很少對牠動鞭子。

一個驢隊十三頭驢，都有編號，從一到十三，而小青是唯一有名字的。名字是阿貴起的。阿貴上小學的時候，班裡有個女同學，叫李青青。阿貴早想不起她具體的模樣了，只依稀記得她長著兩個大眼睛，所以他就給牠起了個名字叫小青。

小青力氣大，又安靜老實，所以小青最吃虧。全隊出動的時候，小青是走在最前邊領路的。老闆派活，無論需要的是十頭八頭還是五頭三頭驢，小青總是第一個被點上的，所以小青永遠沒有歇息的時候。

小青雖然聽話，卻不是濫聽，小青也是挑人的。驢隊四、五個工人，小青只認阿貴一張臉，所以驢隊行進的時候，阿貴總是貼著小青，走在最前面。

山上在興建一個旅遊中心和一條通往中心的路。前些日子運上去的是石板，後來是水泥，這幾天是磚。一摞九塊，一共五摞，用粗繩一邊一份綁在鞍上——這是力氣最好的驢子。力氣差些的，最後一摞依次遞減，從八塊到五塊各不相等。老闆在這一行混久了，對每一頭驢的狀況都知根知底。阿貴覺得老闆對驢子力氣的估算，不是以公斤也不是以市斤為單位的，而是已經精準到了兩。若多出一兩，那就是驢背上的最後一根稻草；而若是少了一兩，那就讓驢子偷去了懶。老闆用使橡皮筋的法子精打細算地使著驢子，把牠們的力氣扯到極限，卻又不能扯斷。對老闆來說，過和不及都是燒錢。

通往山頂的石頭路只鋪了一半，過了這一半，路就斷了，進入一片亂石坡。亂石坡是人的話，驢卻不這樣看。驢的眼睛是長在蹄子上的，蹄子走過一遍，就有了路，驢記得自己開的路。

可是小青今天卻突然犯起了渾。小青在人開出的路盡頭站住了，呼哧呼哧地喘著粗氣，四下顧盼，似乎根本不記得牠的蹄子已經走了無數次的那條驢路。無論阿貴怎麼牽引呵斥，牠只是再也不肯往前走了。小青一停，後邊的驢子就慢了下來，節奏一亂，隊伍就散了。

阿貴揮起鞭子，抽了小青一下。他沒下狠手，只是想嚇唬牠一下。小青掃了掃尾巴，屙下了一串屎，那氣味熏得阿貴幾乎背過氣去。驢糞向來味大，但從沒像今天那樣臭得邪乎。過了一會兒阿貴才想明白了，從前驢大多是邊走邊屙，氣味被風消散了不少，今天小青是站著屙的，那是把所有的臭氣都疊在一處，臭上加臭。

阿貴惱怒地揚起鞭子，又抽了小青一下。這一下大約真是狠了，小青跳了起來，後腿軟了一軟，卻又挺住了。小青扭過頭來，看了阿貴一眼，這回輪到阿貴哆嗦了一下。那眼光像冰錐子，戳得他骨頭縫裡都冷——是那種三個太陽也暖不過來的陰冷。

小青終於抬起蹄子，慢慢走上了亂石之間那條窄路。牠只走了幾步，突然仰起頭來，發出一聲嘶吼。那聲響不像是從牠的口鼻裡發出的，彷彿是從地底下生出來的，震得路邊的樹枝簌簌地顫動起來，阿貴的耳朵和頭皮陣陣發麻。

得憋著怎樣的一口氣，才扯得出這樣長這樣刺耳的一聲吼呢？阿貴暗想。他只覺得今天的小青不像是小青了，回來的路上，他不知怎的，就有些心神不寧。

回到住地，卸下鞍子和套繩，阿貴才發現小青左側後背上有一條傷口，是綁磚的麻繩勒的。傷口很長，像條壕溝，模糊的血肉裡，嵌著幾根松針和繩絲。阿貴倒吸了一口涼氣：天，這一路，牠忍下了多大的痛楚啊。

阿貴打了一桶清水，將一塊抹布蘸濕了，輕輕地給小青洗傷口。擦一下，小青的皮扯動一下，尾巴抖一抖。

阿貴突然就擦不下去了。

就算把這個傷口洗出一朵花來又如何？明天早上，同一條繩子還會綁上同一疊磚，勒在同一塊皮肉上，把好肉磨出血，血磨出膿，膿再化成蛆。

後天也是一樣。

大後天還是。

阿貴把抹布咚的一聲扔回到桶裡，水花濺了一地。

就轉身去拌飼料餵驢。他在小青的料槽裡多放了一塊豆餅——那是小青最愛吃的精料。小青埋下頭去，嗅了幾嗅，懨懨地咬了幾口就不吃了。阿貴把豆餅拿起來，掰碎了，放到手心，餵給牠吃。牠舔了舔他的手掌，睫毛撲閃了一下，睜大眼睛定定地看著他，那眼神濕漉漉的。

阿貴的心揪了一揪。

他從小在家就養過雞鴨養過鵝養過狗，也養過羊和牛，他見過牠們出生、長大、野合，也見過牠們在他眼前死，很多時候，還是他親手宰殺的。早上還餵過食，晚上卻已是盤中物，他無論是養是殺是吃，心裡都沒有犯過一丁點嘀咕，因為牠們有牠們的命，人也有人的命，牠們的命，本來就是老天造出來滋養人的命的，他從來沒有對任何一頭牲畜動過憐憫之心。

那是因為，沒有任何一頭牲畜長著一雙像小青那樣的眼睛。

阿貴輕輕撫摸著小青的頭，歎了一口氣。

「這日子，沒有頭的，怎麼過得下去？」他問小青。

小青伸出頸子，把頭拱進阿貴胸口，輕輕蹭了幾蹭。小青的頭硬硬的，卻很暖和。

阿貴覺得胸口有一團東西湧了上來，堵在喉嚨口，吞不下去，也吐不出來。

他突然明白了，小青在可憐他。

因為小青就是他。他就是小青。

阿貴週六沒有回家，他到家的時候，已是週日的早上。

小樹是第一個聽到摩托車的聲響的。小樹的耳朵比狗還靈，能從五進士那條泥土路上所有的嘈雜聲中，準確無誤地辨認出他阿爸的摩托。他跳下那匹剛剛在他屁股底下捂暖了的木馬，飛快地衝出門外，鞋帶鬆了，差點絆了他一跤。他跑到路口，他遠遠就看見他阿爸的摩托在路上揚起一線飛塵。他拚命搖手，阿爸滋溜一聲把摩托穩穩地停在了他身邊，雙腳往地上一拄，像兩根鐵樁子。引擎還在噴氣，吹得路上的石子啪啪地飛濺起來。

他喜歡看阿爸騎在摩托車上的樣子。他覺得這個時候的阿爸才真是阿爸，其他時候的阿爸更像是爺爺。

「阿爸，你怎麼才回來？阿媽說你不要我們了。」小樹說。

「她知道個屁。」

阿貴把兒子托舉上來，放到後座上。小樹摸了摸綁在摩托車上的那個厚厚的黑色塑料袋，冰涼的，帶著點潮氣，手指碰上去有一些堅硬的稜角。

「阿爸，我不要蘋果。阿媽說蘋果放老了像棉花，我要芒果。」

阿貴沒好氣地哼了一聲：「把個嘴巴慣的。還芒果呢，吃個球。」

小樹覺得今天阿爸的臉有點長，見著他不是平日的歡喜模樣，就噘了嘴，坐在後邊不敢出聲。

「你阿媽這陣子，出過門嗎？」阿貴問兒子。

「去過集市，和奶奶一塊。」小樹說。

「有誰來看過她？」

小樹低頭想了半天，才說：「只有阿秀表姨。」

阿秀是阿珠的表姊，嫁在鄰村，是阿貴和阿珠的介紹人。

「說了些什麼？」阿貴警覺地問。

「沒聽見，她們關著門，我和阿權哥哥在外邊玩。」小樹說。

阿權是阿秀的兒子，比小樹大兩歲。

阿貴腮幫子一鼓一癟的，像在嚼豆子：「這個爛女人，要是下回讓我看見，立馬趕出門。」

「她給我帶了蛋糕，奶油的。」小樹小聲替阿秀表姨辯解著。

「你就知道吃！」阿貴呵斥了一聲。

小樹從沒聽過阿爸用這個腔調說話，癟了癟嘴，想哭。

阿貴伸出手來，擼了擼兒子的頭髮：「阿爸讓你做件事。下回你要是看見你阿媽一個人出門，立刻給阿爸打電話，用奶奶的手機。記住了？」

小樹看了阿爸一眼，點了點頭，嘴巴抿得很緊。

「下次回來給你買水槍，天熱了，打水戰。」阿貴說。

小樹的嘴角立刻鬆了，歡天喜地地問阿貴下回是什麼時候。

父子兩個騎著摩托車進了家門，只見阿貴媽和阿珠正在院子裡晒被褥。窗架和桃樹之間拉起了一根粗繩子，阿貴媽和阿珠一人扯兩個被角，晃平整了，晾上去，再夾上幾個夾子。太陽在雲裡進進出出，天一會兒明，一會兒暗，似乎撐不太住。小河正坐在一張竹圈椅裡，用手指頭追著天上一路小跑的雲朵，嘴裡咿咿嗚嗚。

阿貴放下小樹，走過去抱起小河。小河怔怔地望著他，面無表情。

「沒良心的，教你認不得我，教你認不得我。」阿貴把小河高高地舉起來，在半空轉了幾個圈。小河哇地哭了，哭了幾聲，又嚥了回去，咯咯地笑了起來。

阿珠迎上來，怯怯地問：「我去開熱水器，你，洗澡？」

阿貴沒理她，只對他媽說：「你別瞎操心了。我跟你說過，阿意住家裡不合適，她帶著她男人，就咱這個條件？」

阿貴媽拿起藤條砸著被褥，院子裡揚起細細一片粉塵。

「新娘子頭次回娘家，怎麼也得住一夜，這是規矩。」她說。

「人結婚都快兩年了，還說這話？」

「只要她沒回來過，她就還是新娘子。」

阿珠進去開暖水器了。家裡的衛生間，是阿貴結婚的時候蓋的，在後院，另起了一套走水系統。

阿貴媽見眼前沒人，就斜了兒子一眼。

「你這麼久不回家，總得打個電話回來吧？就算不打電話，家裡給你打電話，你也得接吧？爹娘你可以不管，我們自生自滅拉倒，那老婆孩子還是不是你的啦？」

阿貴沒回話，只是把小河放回到圈椅裡，自己去卸摩托車上的東西。阿貴媽過去搭手，卻被那個重量嚇了一跳。

「皇天，這足足有五十斤吧？這麼多水果，吃不完就爛，你不怕糟踐天物？」

阿貴打開塑料袋，往外拿東西。塑料袋裡還是塑料袋，大的套了小的，有好幾個，都沉甸甸的，口子用細鐵絲紮住。

「不是水果，是稀罕物件，等著阿意他們來吃。」

阿貴媽拿過一個口袋，放到鼻子底下聞了聞，有股隱隱的血腥味。

「趕緊放冷凍室，放不下就勻幾個口袋到世華、茂盛他們家，借他們的冰箱使一使。」阿貴交代說。世華和茂盛都是他們家的緊鄰。

「什麼東西？別是牛肉？不是說好要宰牛的嗎？」阿貴媽問。

阿貴不答，只問爸去哪兒啦？

阿貴媽說在地裡呢，剛把牛弄下山來。阿貴說怎麼不等我回來？阿貴媽說昨天等了你一天。

阿貴拔腿就朝外走去。

阿貴拐過小道，遠遠就看見他阿爸楊廣全蹲在自家那塊地邊上抽菸，頭髮被風吹起來，抖抖索索的，像一朵揚著絮的蒲公英。

牛拴在一棵樹身上，還沒架轅。五進士村的牛，一年到頭都放在山上散養，到了耕種時節才找回來，用完了再送回山上。山替人養著牛，山也替人看著牛，第二年上山找牛的人家，丟了牛的少而又少。偶爾有牛跑到鄰村去了，輾輾轉轉的，遲早有人送回來。一個窮得只長毛不長肉的地方，卻居然不出盜牛賊，也是一樁奇聞。只是如今村裡已經沒有幾戶人家還在認真耕種，養牛的，居多只是為了賣肉。

好一陣子沒見著，牛老了。身上的皮起著灰黑的皺褶，乍一看，像一塊髒石頭。阿貴拍了拍牛背，牛漠然地看了他一眼，眼神渾濁如泥。阿貴不禁想起了小青。「眼睛是心靈的窗口」——那是小時候在學校讀書時，語文老師教給他的話。那時聽著挺好，現在想著難免有點酸牙。不過，牲畜大概也真是有心的，只是他看不見牠們的心，他只看得見窗口。窗口和窗口各不相同。

「如今的牛，太他娘的享福了，耕一兩天地，玩兒似的，下山還老不願意。」楊廣全說。

阿貴脫下鞋襪，將襪子揉成一團，塞進運動鞋裡，捲起褲腿下水田試了一試，嘛的抽了一口氣。

楊廣全從兜裡摸出一根菸來，扔給站在水裡的兒子。

「先抽一根再說。」他對兒子說。

今年的天冷，但是草木有根，根只聽土的。土的世界是另一個世界，土有自己的信息系統。土告訴根時令已到，一山的樹木便都鬱鬱蔥蔥。桃花開得粉一叢白一叢，襯在綠上，很是醒目。

阿貴從水裡爬上來，在楊廣全身邊蹲下，借了他的火，兩人一口一口地抽起菸來。

田埂上有一頭鵝——不知是從哪家籬笆裡鑽出來的，大搖大擺地從他們身邊走過，頸子一伸一縮。阿貴扔了塊石頭過去，正正地落在那爿肥臀上，鵝嘎的驚叫了一聲，翅膀拍著地，半飛半跳地逃走了。

「小時候媽總嚇唬我，說鵝逼急了，能啄死人。我沒少作弄鵝，可鵝從沒追過我。」阿貴說。

楊廣全笑了：「禽獸也知道欺軟怕硬。」

「阿爸，今天不用急，等太陽再把水晒一晒。咱不殺牛了，耕完地就把牠賣了，聽說今年的市價，一頭整牛，能賣到三萬多。」阿貴說。

楊廣全急了，嗓門都變了調。

「這不行。你媽說的，阿意出國的時候，全村都送過路菜。她在外邊結婚，家裡也沒擺過酒。這酒席是省不了的，你若省了，你媽得急死。」

阿貴見他爸臉上的褶子都擠成了一堆，就拍了拍老爺子的肩膀，說：「我敢嗎，省那個錢？我帶了驢肉回來，五十多斤，黃粿蘸紅燒驢肉湯，叫他們吃得認不得家門。」

楊廣全又吃了一驚。

「驢肉那是比牛肉還金貴啊，你錢多了燒啊？」

「運輸隊裡有頭驢，皮肉爛了，流膿發炎。老闆不敢用狠藥，怕萬一死了賣不出去，就宰了。我買了一大塊，比市場上便宜一半。」

楊廣全這才不吭聲了。

「真是條好驢啊。」阿貴歎息道。

小青被拉走的那天早上，他不在。等他回來的時候，小青已經成了案板上的肉。他以為自己會多傷心，但是他沒有。小青活著是長痛，死了是短痛，他倒情願小青早死，能少遭些罪。再說，小青的肉，他不吃，也是別人吃，一樣是吃，他至少也得著了小青的最後一點好處。裝驢肉的時候，他覺出了自己的心硬——只要他沒看見小青的眼睛。

「阿爸，以後田裡的事，還是可以叫阿珠來做的。她現在整天在家，能幹些什麼？」阿貴說。

楊廣全看了兒子一眼，只覺得這話的語氣有點奇怪，像是質問，又像是打聽。他一時不知如何回應。

「一個女人，帶兩個娃，一天也夠她忙的。」他含含混混地說。

阿貴哼了一聲。

「我媽當年，也是兩個娃，還有一大家子人，她照樣下地。」

楊廣全沒吱聲。他把一根菸抽到頭了，又掏出一根來，接在那根的尾巴上，續著了火。他抽菸的時候，吸得急，吐得卻很慢，煙從他的鼻孔裡鑽出來，變成一個一個環環相扣的圓圈。漸漸升高了，圓圈渙散開來，各行己路，扁扁長長的失去了形狀。

「所以，你媽才，走了兩回。」楊廣全輕聲說。

阿貴覺得阿爸老了，不僅話少了，而且說話的腔調也變得軟綿了。阿媽的事，全村人都知道，阿爸從前說起來，從來不忌諱使用「逃」這個字。

天終於穩住了，雲徹底散了，露出一片朗朗的日頭。阿貴舒了一口氣，卻想起小時候，每天夜裡躺下，就期盼著早上能下雨。只要下雨他就賴在床上，不下地也不上學。阿媽喊了又喊，終於喊不動他，就自己披著蓑衣出了門。他躺在床上，想到阿媽裹著蓑衣穿著高筒膠鞋在泥路上一步一滑的樣子，很想爬起來追上阿媽，可是腦子願意，身子卻不肯。年輕的身子有力氣，年輕的腦子打不過年輕的身子，身子十回有八回贏。

「阿爸，你當年在外邊攬活，待久了，回家習慣嗎？」他問。

楊廣全嘿嘿地笑了，眼睛裡飄過一絲輕狂。

「你天天在外頭，這話用得著問我嗎？五進士這麼個地方，一眼看過去，就到底了。那時候，家裡又是這麼個爛攤子。在外頭，能教人張狂啊，有時也真想過，就死在外頭算了。」

「可是你……」

阿貴原想說「你沒死在外頭啊」，這話在肚腸裡走過一遭，就改了道，變成了：「你，還是回來了啊。」

「女人能走，男人走不了。女人是被子，男人是房頂。被子蓋在哪張床上都行，房頂挪不了地方。」楊廣全歎息道。

阿貴怔了一怔。阿爸這話是把冰涼的刀子，鈍鈍地捅了他一下，就像那天小青看他的那一眼，教他心中突然生出一絲恓惶。

「那一回，我媽走了那麼久，你就沒想著去找？」他問。

「沒用。那回我知道她鐵了心了。一個人要是鐵了心要走，那是天也攔不住的。」

「哪怕有了孩子？」

「哪怕有了孩子。」

阿貴把一支菸抽到了頭，扔進水田裡，嗤的一聲，水破了一個洞，菸頭沉下去了，冒起一縷細細的青煙。阿貴怔怔地盯著菸頭栽下去的那個地方，額頭上有一根筋在微微顫動。

「你媽沒想扔下你，她只是不想活了，她不想你跟她一塊兒死。」楊廣全似乎猜出了兒子已經滑到舌尖的那句話，就把那話堵了回去。

阿貴掏出菸盒，自己拿了一支，也遞了一支給阿爸。這是他回到家之後的第二支，他阿爸的第三支。

「她丟得下我，卻不會丟下阿意。」阿貴說。

「要不是阿意，這個家就散了，也就沒你了。所以你媽偏待阿意，我從來沒說過半句話。」楊廣全說。

偏待？僅僅只是偏待嗎？阿貴在心裡暗暗地問。

假如，那年家裡沒有因為阿意上大學，而殺了那頭存著給他做聘禮的牛；假如，那些年阿意沒有出去上學，而是待在家裡幫著幹活，或者像別的女孩那樣，找個家境好些的男人嫁出去了，不僅給家裡省一張吃飯的嘴，或許還能悄悄地往家裡塞幾個體己錢，那麼，他也許早就娶下了一個知根知底、說得通話的女人。那個人肯定不從越南來，也肯定不會有一個像阮氏青明珠這樣的名字。那麼，他的兒子不會是四歲，也許會是三歲，也許不叫小樹，而是叫楊衍康，或許楊衍運，或許楊衍成——衍是他們那一代的輩分字。

假如。也許。

阿貴把攢在心裡的那口氣，在胸腔裡咕嚕咕嚕地運成一口痰，驚天動地地吐了出去。幾隻雞撲過來，爭搶著那個被塵土裹成一團的黑球，彷彿那裡頭藏的，是一隻肥碩的死知了，或是一隻活著的大青蟲。

「我留了點錢，你媽不知道。」楊廣全從菸盒裡，窸窸窣窣地掏出一張紙頭。「戶頭和密碼都在這裡。這些年，家裡虧待了你。」

「你結婚的時候，我都沒敢拿出來，怕娶的那個人不知底裡。現在看阿珠那樣子，倒是老實規矩，肯跟你過日子的。」楊廣全對兒子說。

阿貴冷冷一笑，說：「知人知面。」

楊廣全正要問這話是什麼意思，阿貴已經站起來，赤著腳，過去樹邊上套犁。牛吃飽了，正有力氣，老老實實地背上了轅，和主人一起嘩啦嘩啦地下到了水田裡。

阿貴媽跟阿珠多次提過的「第二回落進同一條河裡」的事，發生在阿貴七歲那一年。那年阿貴剛上小學一年級。

一年級是城裡人的說法。阿貴上的學校，就在村裡的一個破院落裡，最多的時候有二、三十個學生——其中有的來自鄰村，從七歲到十二歲不等。教書的只有一位民辦老師，手裡捏著一摞六個年級的課本，從這本裡翻幾頁，從那本裡挑幾節，講到哪裡是哪裡。農閒的時候，村裡的媳婦和婆子們也會拿著針線活，坐在院子裡聽老師說幾句大舌頭的普通話。到了農忙，連老師自己都回家種地去了，學校就空無一人。城裡人說的幾年級，到了五進士村，就成了村裡人區分孩子大小的一個模糊說法，只為偷懶，跟學校其實並沒有太大關係。

那時候剛開始落實分田到戶制，楊家分到的幾畝地，雖然遠一些，卻都還是平地，比起那些分到山地、有牛也使不上的人家，自然幸運了許多。

那一年快到春耕時節，婆婆好像打了興奮劑，讓人扶起來靠在牆上坐著，將全家都喊齊了商量事。

商量其實是一種含混說法，更準確的說法應該是告訴，或者說，指令。婆婆做得了楊家每一個人每一只碗的主，婆婆唯一需要商量的人，只是她自己。

「老二在麗水攬著了一件大活，我不叫他回來，他掙的錢比我們多。」婆婆說。

「今年春耕我們家少一個老二，還有你們六個勞力，哪一個，都得拿出吃奶的力氣。」

婆婆說的六個，是指小叔，阿貴媽，大伯，大伯娘，還有大伯家的兩個女兒，一個十七，一個十五。

「還有你。」婆婆揚起下頜指了指七歲的阿貴。「大事你做不動，割牛草送水送飯，你不得偷懶。明天你跟你媽去山上，把牛找回來。」

婆婆在床上已經癱了二十多年，婆婆在家裡唯一能做的，只是針線活，可是婆婆管著家裡每一個幹活的人。婆婆的腦子是一個棋盤，她把楊家的每一個人都裝在裡邊，做成了一盤棋。農忙有農忙的走法，農閒有農閒的走法，婆婆每一天都在調兵遣將。婆婆走的每一步棋，都是落棋無悔。婆婆的唾沫星子也有重量，落到哪裡都生根。

眾人無話，只有阿貴不懂事，嘟囔了一句：「我要跟小叔去，小叔會爬樹看遠，我媽不會。」

婆婆嘖嘖地咂著舌頭：「你一個豆丁大的孩子，也有話說啊？」

婆婆轉過臉來，斜了一眼站在角落裡的阿貴媽。

「你媽是能人，那年你媽連家門都還沒記清楚，就要一個人回娘家。幾百里地，男人都不敢，她敢。你還怕她找不回一頭牛？」婆婆說。

婆婆的話是從鼻孔裡出來的，氣息刮著皮肉，帶著些嗞嗞聲。

婆婆說的是阿貴媽新婚第二天就出逃的事。

八年了，她還沒有放下，那件事。阿貴媽暗想。

從她進門那一天起，婆婆就是用這種口氣跟她說話的。剛開始，她覺得那是尖刀，剜在她心上，疼得讓她抽成一團。後來她漸漸習慣了，就覺得那刀鈍了，扎在身上還是痛，卻已經是鈍痛了。再後來，那刀就不再是刀，而成了一條竹片，刮著她的皮肉，難受是難受，卻不再是疼。

五進士的女人一輩子受了太多的冤屈，從老天手裡，從丈夫手裡，從婆婆手裡。五進士的女人一輩子積攢的怨氣，把腸子都熏成了煙囪。五進士的女人若找不到一個法子洩一洩怨氣，怕是人人腦門上都得頂一個西瓜大的腫瘤。幸好，五進士的女人都找到了洩氣的法子，只要她們沒有死在做兒媳的路上。等到她們熬成了婆，她們終於可以把那條漆黑的腸子拿出來，在兒媳婦的淚水裡好好洗一洗。

楊家有兩個兒媳婦，婆婆並沒有饒過誰。只是大兒媳是個啞巴，不能回話。大兒媳的沉默像一塊毛孔粗大的海綿，把婆婆的怨氣都吸了進去，教婆婆的拳頭打過來，卻沒能彈回去。

其實阿貴媽也不回嘴。都是沉默，這份沉默和那份沉默卻有著本質的不同。婆婆腿壞了，眼睛沒壞。婆婆腿上的缺失，在眼睛上得到了加倍的彌補。婆婆眼睛能走到的地方，遠勝過尋常人的十條腿。婆婆一眼就看穿了二兒媳沉默中的悖逆，從她低垂卻硬挺的眼神中，從她梗著的頸子裡，從她微微扯動的嘴角上。於是，婆婆像扔一塊吸滿了髒水的洗碗布一樣，扔下了啞巴大兒媳，把心思單單放在阿貴媽身上。婆婆最解氣的事，不是一巴掌拍扁了一團軟麵，而是一巴掌拍下去，看著麵團癟了，彈起來，再拍上第二掌。這個循環往復的過程，讓她覺得日子還有那麼一星半點的活頭。

婆婆的話雖然不好聽，但婆婆這話說得也並非完全沒有道理。上山找牛是件耗時累人的活，婆婆是想讓阿貴媽替下小叔子，讓小叔子能養精蓄銳，應付耕種那幾天的勞作。在調兵遣將的棋局裡，婆婆看重的是全盤計畫。她很少因為對某個棋子的好惡，毀了她的一整盤棋。一個癱在床上的寡婦能掌一個九口之家，一掌就是二十多年，其間必定有自身的奧祕。婆婆只想著怎樣把日子撐下去，卻從沒想過要招人歡喜。

阿貴媽曾經跟著丈夫上山找過牛，楊廣全教過她找牛的訣竅。牛群居，很少分散著走，喜歡朝水多草多的地方去。牛群走過的地方，必定會留下糞便和蹄印。順著這些印記走到頭，就能找到牛。

可是那一次，往常的經驗突然不管用了。前一年夏秋時節天旱雨水少，草比往年荒蕪，牛群走得很遠，蹄印時斷時續。母子兩個從一大早走到傍晚，竟然一直沒有找見牛的蹤跡。直到天黑得看不見路了，他倆才摸索著下了山。下山的路上，阿貴媽的腳趾頭磨破了襪子，在鞋尖上戳出一個大洞，每走一步，石子草刺都扎人。

走到離家不遠的地方，阿貴媽突然覺得腿腳從她身上脫落下來了，身子一矮，人就撲通一聲坐到了泥土路上。吸走她最後一絲力氣的不是疲憊，而是恐懼。春耕假若沒有牛，那是件近乎於天塌下來的事。找不到牛，不是牛的錯，不是山路的錯，更不是天候的錯，只能是找牛的那個人的錯。天若真塌下來，砸不到牛，砸不到山，更砸不到天候，只能砸在她一個人頭上，把她碾成齏粉。

她掏出揣在懷裡的那個手絹包，塞到兒子手裡，揮揮手，有氣無力地說：

「你先進去，把這個交給你奶奶。」

阿貴媽交給兒子的那個手絹包裡，是一把山上找到的野菇。那菇不是尋常的菇，而是從山頂百年老楓樹身上長出來的。山頂高寒，風吹得野菇自然開裂，表皮上就有了一塊塊花斑。這菇俗稱花菇，個頭小，卻是菇中的極品，平日很難遇見，這幾個是被雨水打落在地上教他們撿到的。阿貴媽想讓兒子把這幾顆寶貝獻給家裡的那位老太君，等婆婆的怒氣被親孫子磨去了毛刺和尖角，她再進屋。

阿貴媽看著兒子趺趺撞撞地拐進小巷，走進家裡的院門，她知道阿貴今天也已是筋疲力盡。她豎起耳朵，想聽一聽院子裡的動靜，可那晚颳的是順風，風沒有送來她想要的聲音。風吹在她後背，一拱一拱的，一下子吹乾了一身的汗，她覺出了衣裳的單薄。巷子裡很靜，聽不見一聲犬吠蛙鳴，靜得她心裡發毛。月牙出來了，星子清清亮亮的，有一隊大雁從頭頂飛過。

她從來不知道大雁會在夜間飛行。排的是一個人字，邊角齊整得像一幅剪紙。大雁從來都知道路，從哪裡來，到哪裡去，所以飛起來才如此胸有成竹，如此紋絲不亂，如此旁若無人。

眼看著大雁無聲地飛遠了，天空平復如初，絲毫沒留下鳥翅的劃痕，阿貴媽冷丁一下記了起來，那天正是自己的生日。

那天她二十七歲。

她也是知道自己的路的。但當她還是一個十九歲的女孩，坐在床上織毛衣，從開著的房門裡看見院子裡那個口袋裡插了一桿自來水筆的男人時，她並不知道她要往哪裡去。那時她以為從縉雲的家門走出去，腳前就有無數條路。

現在她坐在離丈夫家不遠的泥土地上，感覺到濕氣漸漸透過褲子，滲入她的肌膚，她已經真真切切地知道了自己的路。她只有一條路，那條路，從開春的第一日就可以看到嚴冬的最後一日，一年四季不是一條線，而是一個圓。她捲在這個圓圈裡，即使迷路，即使丟失，也是在這個圓圈的某一段弧線上，永遠繞不出去。一直到老，一直到死。

她聽見一陣格格的聲響，那是她的上下排牙齒在相互撞擊。是冷。是餓。又不完全是。

她在路口坐了一會兒，沒有人出來找她，包括她的兒子。

她終於站起來，朝家裡走去。平常這個時候，院門已經上了栓，今天卻是虛掩著的，他們知道她會回來。進了屋，偌大的房子裡，只有飯桌上點著一盞燈。家裡最近不再點篾條，楊廣全從外頭買進了幾盞煤油燈。燈光把黑暗剪出一個邊緣模糊的圓圈，圓圈之外的地方坐著人。她看不清他們的臉，只看見牆壁上一團團的影子。燈蕊焦了，滋啦滋啦地響著，冒著細細的煙，火苗一跳一跳的，照見了飯桌上阿貴的一張花臉——那是眼淚在塵土上走出來的路。

阿貴捧著一碗紅薯粥，吃幾口，抽泣一聲。一屋的人都沒說話，就像八年前阿貴媽出逃回來的那個晚上一樣，不過那個時候她還不叫阿貴媽，因為阿貴還在她肚子裡。空氣很密很緊，繃得像一塊風吹過來會發出顫音的超薄玻璃，每個人手裡都捏了一角，誰也不敢輕舉妄動，一動就要裂成一地碎片。

就在這時，阿貴媽的肚子毫無廉恥地叫喚了起來，一屋都聽得清楚。沒人問她吃沒吃過飯。婆婆不開口，這屋裡沒人敢說話。她只好自己摸進了灶房。她不怕磕碰，她閉上眼睛也知道各樣物件的位置。她走到灶臺，掀開鍋蓋，用擱在鍋邊的鍋鏟探了探虛實。她只探著了薄薄的一層鍋底，那是紅薯粥結下的鍋巴。她把鍋巴剷起來，放到掌心。她懶得找碗，就在掌心上把鍋巴嚼完了。鍋巴黏在她的喉嚨口，不肯下去，她在灶臺的水罐裡舀了一瓢溫水，就著瓢咕咚咕咚地喝了下去，鍋巴終於落了胃。離飽還很遠，但肚子至少有了一層底。

她在灶房的門檻上坐下來，心突然就定了。天要塌就整個塌了吧，碾成齏粉也是瞬間的事，總好過塌了一角懸在頭頂，時時刻刻不得安寧。她已經把要說的話想好了。第二句。第三句。還有第四句。第一句話她不用想，那是婆婆的事。只要婆婆不開口，她絕不開口，看誰能把耐心先磨出窟窿。

屋裡有人咳嗽了一聲，燈蕊顫了一顫。

「咋辦呢，你說？」婆婆終於說出了第一句話。

這話像是給每一個人的，但每一個人都知道這話是給誰的，所以誰也沒接。

「明天，我再去找。」阿貴媽輕聲說。

「明天再沒有呢？」

屋裡還是沉默，但這沉默裡已經有了裂縫，摻進了一絲如釋重負。在今天早上之前，牛本來是每一個人的事，而到了這一刻，牛就成了她一個人的事。春耕無牛這樣的大事，落在別人身上，總比落在自己身上好。他們不是懶，也不是惡，他們只是窮途末路。

「租吧。」阿貴媽說。

眾人發現阿貴媽變了。變在哪裡，也說不清楚，他們只覺得她說話的口氣依舊輕軟，但那輕軟底下卻繃著一根細細的鐵絲。

「皇天！你知道那是什麼價？」婆婆咚地捶了一下床板。

「知道，是三倍的人工。」阿貴媽說。

婆婆冷笑了一聲。

「知道就好。買牛的錢還沒還清，你拿什麼去租牛？莫非是你男人偷偷塞了你私房錢？」

阿貴媽也冷冷一笑：「你兒子掙的錢，一個子兒也輪不到我。我有我自己的錢。」

阿貴媽鬆開褲腰帶，取下褲腰裡別著的一個塑料袋，從裡邊掏出幾張紙票，展平了，放到桌子上。三張整的，一堆零的。看得出來那紙票有些年頭了，折痕很深，起著毛邊，紙面上蔫蔫的帶著身體的潮氣。

這是那年她跟著楊廣全走出縉雲的家時母親塞給她的壓路錢。原來是四十塊，後來她逃走的時候花了兩毛錢，現在還剩下三十九塊八毛。

屋裡的人都吃了一大驚。

自從那次出逃之後，縉雲娘家知道了楊廣全家裡的實情。父母寫了好幾封信來，追問楊廣全打沒打她，賭不賭錢，在外邊攬活時有沒有胡來。在父母心中，只有這三樣才是不可饒恕的大罪過，才能讓他們為她打開回家的門。貧窮不是出逃的理由，不公也不是，好人家不能為這樣的事背上罵名。阿貴媽從此不再和娘家說起夫家的事。只是從那以後，逢年過節，父母都會寄幾個零花錢給她。這些錢不是祕密，郵遞員站在路口高喊一聲「李月嬌私章！」全村就都知道了，所以她一個錢也留不下，都轉交給了婆婆補貼家用。

婆婆沒想到她還有私房。唯一知道這錢的，是楊廣全——母親當年是當著楊廣全的面交給她的。可是楊廣全誰也沒有告訴。有幾次楊家到了幾乎山窮水盡的地步，楊廣全也沒逼著她把錢交出來充公。

「你哪來的錢？遇上闊佬了？」婆婆問。

「還真是。」阿貴媽說。這話不是事先想好的，這話是胸口的一股熱氣推出來的，連她自己都吃了一驚。

「闊佬能圖你什麼好？」婆婆哼了一聲。

「是啊，除了你想的那樁事，我還能有什麼好？」阿貴媽說。

婆婆拿起床頭納了一半的鞋底，朝著阿貴媽扔了過來。阿貴媽想閃，卻沒來得及，鞋底正正搧在了臉頰上。先是火辣辣的，後來，那熱的地方厚實了起來，像又生出了一層皮。

「什麼樣的人啊，能當著細娃子說這樣的話！楊家做下了什麼孽啊，皇天！」婆婆尖聲叫喊了起來。

這麼準的眼力，這麼狠的手勁。阿貴媽暗暗驚歎。

大伯子呵呵地乾咳起來，用煙袋指著阿貴媽，連說了幾個你你你，卻沒說全一句話。

阿貴媽轉身進了自己的屋。

阿貴媽摸黑坐到床上，捂著臉頰發了一會兒怔。臉上的熱慢慢地退了下去，她這才覺出了腳上一扯一扯的疼。點亮油燈，脫下鞋子，發現血泡早已磨破了，血水和襪子沾成了一片。她把襪子小心翼翼地脫下來，還是扯下了一層皮。腳上的裸肉裡，扎著幾根草刺。她拿出一根針，在煤油燈蕊上燒過了，就來挑刺。挑一下，嘴裡嘶一聲。

天終於塌下來了，是她自己捅的。她把她自己，逼上了絕路。也好，她終於在那個從年頭一眼就看到年尾的圓圈裡，鑿出了一個缺口。

門吱扭一聲響，是阿貴進屋了。

「吃沒吃飽？」她問。

阿貴的頭動了一下，她看不出是點頭還是搖頭。阿貴在床邊站著，手鬆開，枕頭上落下一枚煮熟了的雞蛋。阿貴把雞蛋往阿貴媽那頭推了一推。

阿貴媽眼睛熱了一熱，突然放了心。阿貴姓楊，是楊家唯一的男孫，婆婆苛待誰也不會苛待阿貴。

「阿貴，你知不知道媽剛才說的都是氣話，不是真的？」她問兒子。

阿貴沒說話，只是脫下鞋子，往被筒裡一鑽，臉朝裡躺下了。阿貴媽過去脫阿貴的襪子，要看阿貴腳上的泡，阿貴把腳縮得緊緊的，不讓。油燈的光亮把阿貴裹著被子的身影投在牆上，像是一個塌陷下去的墳包。阿貴媽心裡一驚。阿貴的呼吸漸漸緩慢下來，後腦勺有一綹頭髮硬硬地翹著，隨著呼吸一起一落。緊接著，屋裡響起了細細的鼾聲。

「阿貴，媽有事要跟你說。」

阿貴媽忍了一會兒，沒忍住，終於把阿貴搖醒了。七歲的孩子還沒長記性，他已經忘了剛才的事，他只是迷茫地看著他媽。睡意壓在眼皮上，像一座大山，他扛不住那樣的重量。

「你還記得縉雲的外公外婆嗎？」

阿貴點了點頭，又搖了搖頭。他三歲的時候，阿貴媽帶他去過縉雲。五歲的時候，外公外婆到慶元縣城和他們見過一面。阿貴還太小，那時候的記憶是浮雲，做不得準。

「你外公叫李國勝，你外婆叫羅香雲，他們住在勝利街和百合街的交界口，解放電影院對門。你長大了，他們要是不在了，你記得給他們燒香上墳。」

阿貴覺得有點奇怪。阿貴其實是想問媽媽你不會帶我去嗎？可是阿貴那天走了太多的路，腦袋很沉，身子很輕，腦袋一下子把身子壓倒了。他迷迷瞪瞪地答應了一聲，身子一歪，就又睡了回去。

阿貴媽這一夜心定了，就睡得很沉，醒來時雞已經叫過了一輪。灶房裡傳來噗嗤噗嗤的聲響，那是啞巴妯娌在扯風箱煮番薯粥。

阿貴媽側過身去，怔怔地看著兒子。從竹簾縫裡漏進來的天光還是灰濛濛的，她定了一會兒神，才看清了兒子的睡姿。阿貴臉朝裡，雙腳緊勾，身子蜷成一團，像是一隻等待破殼而出的小雞仔。這是他昨天躺下時的樣子，一夜裡他沒有換過姿勢。

阿貴媽挪了一下胳膊，覺出來有樣東西硌著她的肘子，一摸，原來是阿貴昨晚帶進屋來的那枚雞蛋，這會兒已經冰冷了。阿貴媽把雞蛋捂在自己的手心暖了一會兒，輕輕塞進阿貴攥緊的拳頭裡。阿貴動了一動，卻沒醒。

阿貴媽輕手輕腳地起了床，穿上衣服鞋子，給阿貴掖緊了被子，便走出屋來。正要抽院門上的木栓，腰上被人輕輕拱了一下，回頭一看，是啞巴妯娌。啞巴手裡拿著一個剛出鍋的番薯，嘴裡嗷嗷叫著，阿貴媽聽懂了，是讓她先吃早飯。番薯很燙，啞巴兩隻手倒騰來倒騰去。阿貴媽搖了搖頭，說不吃。啞巴挑起衣襟兜著番薯，騰出一隻手來，從衣袋裡摸出一條手絹，將番薯包在手絹裡，塞進了阿貴媽的褲兜兒。

阿貴媽走出院門，走到路上，看見村裡早醒的人家已經把雞轟到外邊找蟲子。鄰家有個跟她差不多歲數的媳婦，已經背著一簍豬草下山了。臨近春耕時節的五進士村，所有的事情都比往常提早了兩三刻鐘。

「阿貴媽，這麼早就上山找牛啊？」鄰家的媳婦問。

阿貴媽扯了扯嘴角，表示默認。

楊廣全家丟了牛，是昨天晚上才發生的事，今天早晨，就已經是全村的新聞了。閒話不需要嘴巴，閒話自己長著腿腳，可以從門縫牆縫窗櫺格縫裡鑽出去，隨意爬上別家的飯桌床頭。不知昨晚那句關於闊佬的話，是不是也已經成了五進士家家戶戶的話題？阿貴媽輕輕笑了一笑，她已經不在意。那句話從她舌尖上溜下來的時候，她就知道，再也不會有什麼東西能傷著她了。

昨晚挑破的血泡還沒結成硬痂，腳板踩在地上仍舊隱隱生疼。幸好她今天不用趕路，她可以按著自己的性子慢悠悠地行走。也幸好她今天換了一雙新鞋子，鞋底很厚，踩著比平日鬆軟結實。其實，這也不能算是新鞋子了，它已經在櫃子的一個角落裡閒放了好長時間。那是阿貴四歲那一年，楊廣全在縣城攬活回來時給她買的，當時他還順手讓人給她釘了一層膠皮鞋底，天下雨時也能撐幾步路。楊廣全把鞋子帶回家時，是用兩張又破又髒的報紙嚴嚴實實地包著的，看起來不像是新物件，倒像一團急待丟棄的垃圾。楊廣全是到了夜裡關起門來時才把鞋子交給她的，再三交代她不要在家裡穿——她一下子明白了他是不想讓他的寡母看見。她氣他的這句話，就把鞋子丟在櫃角，一丟就是三年。楊廣全大概也是想對她好的，只是楊廣全對她的好，是竊賊對贓物的好，不能放在明處，見了光就死。

天還早，天邊的魚肚白裡剛剛挑出第一縷紅粉。山在這個時候還不是綠，綠是半個鐘點之後的事，這個時候的山還只是深深淺淺的青和灰。在日頭出來之前，什麼都是濕的，山，路，田地，樹木，山的褶皺裡飄浮著一些朦朦朧朧的霧氣。通進山裡的那條小徑遠遠望去，像是一條濕漉漉的腸子。廊橋卻是另外一種樣子。廊橋像一隻灰褐色的烏龜，橫臥在那條沒有名字的河上，前蹄在河的那頭，後蹄在河的這頭。廊橋到底是道光爺手裡的貨色了，老也老得有氣勢，把身後的山、身下的水壓襯得伏伏貼貼，大氣也不敢出。一群被風驚擾的雀子，從樹林中飛出來，鑽進廊橋，過了一會兒，又三三兩兩地從那頭飛了出去，滿耳都是嘰嘰喳喳的聒噪聲。

嫁進村裡八年了，阿貴媽從來沒有像今天這樣仔細地看過五進士的景致。她知道那是因為怨氣。怨氣裡看見的景物都是地獄，怨氣裡聽見的聲響都是噪音。而今天，她終於可以放下怨氣，安安靜靜地看一看這個把她從李月嬌變為阿貴媽的地方。

真還是，好山水啊。她對自己說。

這是一句心平氣和的話，離喜歡很遠，更不是愛，至多只是釋然。她終於可以釋然了。這個地方有一千條觸鬚，每一條都死死纏繞著她，不肯放她自由。她只能靠割捨自己來割捨她和它的聯繫。

走到廊橋跟前的石階時，她停了下來。她已經走過了無數次廊橋，但她從來沒有數過通往廊橋的石階是多少級。今天要走的路，她早就想好了，就在她突口說出那句關於「闊佬」的氣話時。只是她還沒想好怎麼個走法，她需要上天給她一個信號，一個只有她懂的暗示。

假如臺階是單數的，是一種走法。雙數的，則是另一種。

她抬腳走上了臺階。臺階很滑，帶著隔夜的潮氣，幸虧了鞋底膠皮上那些的凹凸不平的紋路，讓她踩上去很穩很有底氣。

那是楊廣全給她釘的鞋底。他能讓她記住的，恐怕也就是那麼一丁點的好處了。

她走上了廊橋。她暗暗數過了，從下往上，是十二級臺階。

她走過廊橋，到了那頭。橋面到平地，從上往下數過去，也是十二級臺階。都是雙數。

她準確無誤地讀懂了老天爺的暗示。

阿貴媽回到五進士村，已經是十天以後的事了。離開的時候，她沒料到自己還會再回來，但十天的時間足夠長，讓她想通透了回來的理由。走的理由很充足，回的理由是個意外，但比走的理由更加充足。當她走到廊橋跟前時，她心裡是踏實穩妥的。

她沒有立刻回家，而是在廊橋的石階上坐了一會兒。天黑了，無星無月，空中飄起了細雨。那雨幾乎算不上是雨，不成條也不成點，落到肌膚上，感覺只是霧氣。河面上有幾朵鱗光，一跳一閃的，不知是不是冤魂。這條河上，每隔一兩年就有人喪命。游泳淹死的，投河自盡的，洗衣裳時被水鬼拽下去的⋯⋯可是阿貴媽一點也不害怕。離家出走的時候，她是一個沒有祕密的人，回來時她已經有了祕密，一個關於旅途的祕密。她不會告訴任何人，無論是她自己的父母，還是楊廣全，還是婆婆。回家後即使婆婆把刀子架在她的頸脖上，她也不會作任何解釋。她的事，只有河知道，但河守口如瓶。

那天她離家之後，沿著河道走了很遠很久。她想走到一個她的腿腳再也載不動她身子的地方，然後投進水裡，了此一生。這一段的水，還是上游，這條河還要流出一段，才會匯入一條比自己大得多的河流，然後入江，入海。上游的水會載著她漂到下游的某個地方，等到別人發現她的時候，也許她早已無從辨認。

這是她的計畫，可還不是天意，天意替她安排了另外的路。

那天走到中午，她累了，就走下河道，在河邊找了塊地坐下，掏出啞巴妯娌塞給她的那塊番薯，吃了起來。她僅僅是洗一洗手，歇一歇腳，這裡並不是她的目的地，這裡離家還太近。她嗆著冷風吃著那塊已經冰涼了的番薯，胃有些反酸，就彎下身來，哇哇地嘔了一地。吐完了，她撩一把水洗臉，突然日頭咚的一聲砸下來，把水砸出了一個大坑，水在她眼前變了模樣，一圈一圈地蕩漾開來，漫到了天上去。她不知道自己那一刻到底是在地上還是在天上，一陣暈眩，便頭重腳輕地栽進了河裡，掙扎了幾下，很快就不省人事。

醒來時，她躺在一張陌生的床上，一個看上去比她略微年長幾歲的陌生女人，端了一碗薑湯，坐在她的床前。

「醒了就好，睡了這半天了，怪嚇人的。」女人說。

阿貴媽問這是在哪裡。女人說了個地名，那地方離五進士村大概二、三十里路。

女人是在河邊洗草藥的時候看見她落進水裡的。女人的水性不好，但幸好有她的兒子在邊上。她兒子才十一歲，拖不動她，只好用一根竹竿把她捅到岸邊，那女人拽著她的衣服把她拉上了岸。

阿貴媽聽著女人說話的口音有點相熟，一問，果真是她家鄉那一帶的人，家裡世世代代從醫。女人嫁到這裡後，自己開了個小中藥鋪子，賣藥，也給人看病，日子過得還算滋潤。

「你有了身孕，怎麼能一個人出門？」女人責怪她說。

她吃了一大驚。自從生下阿貴之後，她還懷過兩胎，卻都流了。一次是因為插秧時在水田裡站了太久，染了風寒；還有一次是在山上打豬草的時候摔了一跤。婆婆說這是城裡人的嬌嫩，鄉下人在豬圈裡都能生孩子，生完了，站起來就能把豬圈打掃乾淨。婆婆說的是實話，可是婆婆的每一句實話裡都插著針。婆婆的實話比跳蚤的活力還強旺，這邊殺了一隻，那邊生出一百，永遠沒有滅絕的時候，她躲不勝躲。後來，她就偷偷問人討來避孕藥吃著，她的月事從來不正常，所以她壓根沒想到她居然又懷上了。

她隨口編了個出門的原因，女人心善，並沒有生出別的猜想。因是鄉黨，女人就留她在家裡將息了幾日。臨走時，女人送了她一塊藍底印花的頭巾，還塞給她五塊錢上路。她原本壓根沒想過還會回家的，所以身邊沒帶一分錢。她就告訴女人半個月之內，一定會有人給她寄錢的。阿貴媽想好了，這一回，她會厚顏跟爹娘討錢，她有過了死裡逃生的經歷，她問得出口。女人堅辭不收，她執意要給，兩人為了一張懸在半空的匯款單，真情實意地推讓了好幾個來回，分手時，竟有了幾分依依不捨和惺惺相惜。阿貴媽走出好遠，還看見女人在路邊朝她一下一下地搖手，一直搖到她看不見了為止，心中就生出了一絲愧意——她本不該對這個女人撒謊。

天漸漸就黑透了，雨霧也下成了雨珠。阿貴媽起身走進廊橋，突然，眼前一道大閃電，把廊橋照得通明透亮。這閃電有點邪乎，似乎被一枚巨大的圖釘給釘住了手腳，一動不動地亮著，半天沒有暗回去。接著，不遠處響起了一連串的鞭炮聲，鞭炮的間歇裡，是一陣一陣的人聲和雞飛狗跳的喧鬧聲。

阿貴媽這才醒悟過來，是五進士通電了。清路架線的事，已經進行了好幾個月。日子一久，人就疲軟了，她已經忘了還有這樣一樁事情。

她從來沒有見過這個時候廊橋內裡的模樣——在沒有電的日子裡，夜晚的廊橋永遠是一片黑暗。燈光之下，她猝然發現了廊橋的皺紋和壽斑。橋裡的每一個角落都結著蜘蛛網，橋壁修過多次了，每一次用的都是不同的木料，補丁太多，深深淺淺的，就有了許多顏色。每一層顏色，大約都是一個朝代。她見過的事，廊橋都見過了，而廊橋見過的事，她又知道多少？難怪她一驚一乍，廊橋沉穩如山。

橋那頭雨篷和橋身相連接的那個角落裡，蹲著一個男人。男人的一隻胳膊套在一件灰色夾克衫裡，另一隻胳膊露在夾克衫外邊，像是倉皇之間出的門，來不及把外套穿齊整。男人在抽菸，兩個肩膀夾得很緊，脖子卻收得很低，頭髮在風中飛飛揚揚。阿貴媽認出來那人是楊廣全。她不是從背影上認出他來的，那天楊廣全的整個身姿對她來說是陌生的，從背後看過去，他幾乎是個老人。她是從楊廣全露在夾克衫之外的那半件襯衫上認出他來的。當年她父親領著他走進緇雲的家門時，他穿的就是這件襯衫。那時就已經舊了，現在他依舊在穿，只是當年洗得稀薄的針腳如今看不見了，都壓在了補丁下面。

聽見腳步聲，楊廣全轉過身來，看見她，一怔，卻不是大驚。

「你在這裡做什麼？」她問。

「等你。」他說。

「你知道我今天回來？」她有些意外。

他搖了搖頭。

「你走後，我給方圓三百里所有的公安局派出所都打過電話。他們都說沒找到，你的……」

楊廣全遲疑了一下，她知道那個停頓裡省略了的字，是屍體。

「他們沒找見你，就是好事。只要你在，你總會回來的，所以，我每天都來這裡，候你。」他說。

她覺得眼睛裡冒上一股潮氣，但那也只是一瞬間的事。日子像一張大號砂紙，已經把那些細緻的情緒磨淺磨薄了。再以後，還會徹底磨除。

他吃準了，我會回來。他和他的全家。她想。

「回家吧，啞巴留著粥，還溫和的。」他說。

她心裡生出微微一點的感激，不為那碗粥，也不為他每日的等候，只為他沒有追問她去了哪裡。

楊廣全丟了菸頭，套上了那只夾克衫的袖子。阿貴媽覺得眼睛突然被割了一下，因為她看見了夾克衫袖子上別著一塊黑布。

「我媽，走了。」他覺出了她的目光，低聲說。

這個夜晚充滿了驚訝，但這一次不是驚訝，而是震撼。她曾無數次地詛咒過婆婆，各種各樣的罵法，各種各樣的死法，當然都是暗地裡。可是這次不是。這次她走出楊家院門的時候，壓根就沒想過婆婆。她覺得她一腳邁出去，婆婆就已是前生的事。

「爐子上烘蘑菇，一氧化碳中毒。」他告訴她。

其實婆婆是完全可以躲過這一劫的。村裡以前也發生過這樣的事，只要開了窗戶就可以逃過一命。可是當時家裡沒人，婆婆坐不起來，搆不著窗戶。等眾人從地裡回來時，她已經走了多時。她躺在床上，臉色紅紅的，像抹過了胭脂花粉，眉眼帶著一絲接近羞澀的笑意，看起來年輕了二十歲。

阿貴媽聽丈夫說著婆婆的死，喉嚨口湧上一團東西，只覺得梗得很緊。後來她聽見了咕嚕一聲響，喉嚨鬆動了一下，她以為自己要哭，卻沒想肌肉和神經各走了各的路，她竟然嘴角一扯，笑了。笑沒走出多遠，眼淚就下來了。

「我媽是被媒人騙過來的，十年裡逃了三次。前面兩次都是我爸和大伯抓回來的，第三次她沒走陸路，而是走了山路，山路難追。那天剛下過雨，路滑，我媽從崖上摔下來，摔斷了腰椎，被一個砍柴的人救了回來。她腿腳不能動了，一門心思想死，連續三天不吃不喝。她熬了多久，我們弟兄三個就跪了多久。她終於忍不下來，才鬆了口。她是為我們幾個才活在世上的，所以……」

楊廣全的聲音開裂了，他沒把後面的話說下去。他不用說，她也不用問，她知道他沒說完的是什麼。

這些年裡，婆婆那雙形同虛設的腿腳，在這世上唯一還能做的，只是踩賤那兩個嫁進她家門的兒媳婦。楊廣全和他的兩個弟兄，看著婆婆作踐她和啞巴，卻都不敢吱聲。做娘的是忍不下年輕時的怨屈，做兒子的是忍不下對母親的愧疚。他們都把他們忍不下的痛楚，扔給了旁不相干的外姓媳婦。

這就是楊廣全那個「所以」之後省略的話。

她差一點，就走上了和婆婆 樣的路。假若那天，廊橋的石階是單數而不是雙數，她就會和婆婆一樣，選擇了山路。假如那天她走了山路，興許，她會和婆婆一樣，從濕滑的山石上摔下來，摔成癱子，或者瘸子。

「她其實，不是對你……她只信兒子，她說只有兒子，不會逃走。」楊廣全結結巴巴地說。

「你到我們家來時，媽特意交代了每一個人，誰也不能把這事告訴你。」他說。

「她是怕我，學她的樣子？」她冷冷一笑。

「她是怕，嚇著你。」他說。

她不信，但沒有反駁。

婆婆死了，她才終於知道了婆婆在成為婆婆之前的生活。和婆婆吃過的苦相比，婆婆待她，幾乎已是仁慈。她吃過的苦大概根本就不能叫作苦，至多只能叫作不適，或者難受。可是婆婆的苦替代不了她的苦，婆婆的苦也不能替代婆婆的歹毒。每個人有每個人的活法，每個人有每個人的忍耐限度。對婆婆來說，那個限度是一條斷了的腰椎，兩條不能行走的腿。而對她來說，也許只是一只搧在臉上的鞋底，一碗該留而沒有留的番薯粥。

對死了的婆婆和活著的丈夫，她本該有一些話說，比如理解，比如原諒，比如哀傷，比如慰撫。那些話都應景應時，但對在楊家熬過了八年的她來說，那都只是書本裡的話，從她嘴裡說出來，便是矯情。

她只有沉默。

「有電了，將來這裡，就能看到電視了。」楊廣全說。

兩人沿著廊橋的石階走下來，一前一後地走上了回家的路。趕熱鬧的人群還沒有散去，鞭炮依舊在斷斷續續此起彼伏。狗被人帶瘋了，東一陣西一陣，吠得聲嘶力竭。五進士每一戶人家的窗口，今晚都鑲嵌著一盞電燈。五進士的人節省慣了，捨不得電費，燈泡的瓦數都很小，二十五，十五，甚至更低。可是再昏暗的電燈也勝過最明亮的篾條，一家一家的電燈連起來，暗夜就有了破綻。這個夜晚，電燈把五進士變成了另外一個世界。

「你，等一等，我有話跟你說。」阿貴媽突然喊住了丈夫。

她跟他說話，從來都是沒頭沒腦的。她不想學他家裡人的樣子喊他阿全，也不想像村裡女人喊丈夫那樣叫他「孩子他爸」。非得跟他說話時，她只會用一個含含糊糊的「你」字。

「我不是為你回來的。」她平靜地說。

「我知道，你是捨不下阿貴。」

她搖了搖頭：「不是阿貴，我是為阿意回來的。」

「阿意？」他疑惑地看了她一眼。

她指了指自己的肚子，說：「三個半月了。」

他的眼睛裡刷的飛過一隻螢火蟲，臉頓時活了。

「你走了，我給縉雲打電話，商量怎麼找你。你媽說要是再有一個孩子，說不定就能把你拴住了。這話，真就讓你媽說準了。你媽還說，你要是平安回家，她答應勻給我們兩百塊錢，給我們三年時間，慢慢還。」

縉雲。拴住。兩百塊錢。她聽是聽清了，卻沒有入腦。她在想著別的事情。

「你聽著，你要想我不走，得答應我兩件事。」她說。

「第一，這孩子生下來，若是男的，他就跟著阿貴叫楊天意。若是個女娃，反正不進你家族譜，就跟我姓，叫李天意。」

阿貴的學名叫楊天貴，「天」是他那一輩男孩的排字。

楊廣全猶豫了一下，點了點頭。

「第二，這孩子長大了，要送到外公外婆那裡讀書。」

這一回楊廣全沒有猶豫，立刻點了頭。

兩人繼續沿著那條泥土路，慢慢朝家走去。鞭炮聲越來越響，遠處聽到的一團一團喧譁聲，到了近處就分化成了不同的聲音，她開始分辨出男人和女人，大人和孩子。

她從生活裡溜開了幾日，現在她又回來了，她得重新應對生活。冥冥之中，老天替她挑了一個好日子回來，因為村裡出了一件比她的出走大得多的事情，他們一時顧不上別的。潮水一樣的好奇心明天會朝她凶猛地沖來，但那是一夜以後的事了。此刻和明天早上之間，還隔著一晚天昏地暗的睡眠。明天醒來，會有明天的力氣，她會用它來對付明天的好奇。

「牛找回來了，地都耕完了。」楊廣全告訴她。

「等大哥的兩個女娃嫁了，日子就會鬆快一些。再熬幾年。」他說。這話像是對她說的，又像是自言自語。

她沒回話。楊廣全不懂算術，他永遠只算出的，不算進的。就算他媽走了，他的兩個姪女嫁了，家裡少了三口人，可是他自己還會添一個孩子，他的弟弟要娶妻生子，他的兒子阿貴會很快長大，需要聘禮說媳婦。這個家，永遠不會有鬆快的日子。

只是，就算是再苦的日子，現在她的頭上再也沒有山壓著，她終於可以按著自己的意思，一天一天慢慢地熬了。

阿貴媽摸了摸自己的肚皮。這個孩子真是個福星。這個孩子結束了五進士沒有電燈的時代，她，或者是他，落下地來，就再也不會知道篾條松燈、煤油燈為何物了。這個孩子在娘的肚皮裡落了胎，就把娘變成了一個雖然還沒熬成婆、但卻再也不是兒媳婦的女人了。

這個孩子，救了她一命。

天意哦，我的天意。

她喃喃地說。

阿貴媽喊來阿珠，兩人把屋裡的衣櫥抬到院子裡，打開櫃門和抽屜透風。屋子已經騰出來了，阿貴媽和阿貴爸昨晚就已經搬到了樓上大伯子原先住過的那間屋，好讓自己的房間空著消消氣味。

「晒一晒，省得阿意放衣服有霉味。」阿貴媽說。

阿珠點了點頭：「阿意姊，愛乾淨。」

那是阿意留給她的印象。兩年半之前，阿意跟實驗室主任一起到北京開會，匆匆繞道來了一趟家裡探親，只待了三天就走。阿貴媽沒張揚——阿意的意思是別驚擾村裡的人。那是阿珠第一次見到阿意，她沒和阿意說上幾句話，卻記住了阿意每天都洗頭洗澡，衣服一天一換的習慣。

「這個衣櫥是生阿意那年，她阿爸自己打的，阿意有多大，它就有多久了。」阿貴媽告訴阿珠。

衣櫥是老式的，做工很細，門上描著花。左邊一屏是富貴牡丹，右邊一屏是吉祥玉蘭，顏色已經舊了，線條也有點模糊。

阿珠用手摸著牡丹上的花蕊，嘴裡喃喃地說：「漂亮，阿爸真行。」

阿珠掌握的漢語名詞，遠比形容詞多。阿珠使用名詞的時候，基本收放自如，可是遇到需要形容詞的時候，她就有點捉襟見肘。阿珠對世上所有的好東西，都會用漂亮來稱讚。蘋果漂亮。波羅漂亮。雲漂亮。衣裳漂亮。鵝漂亮。天氣漂亮。阿珠見著什麼都驚奇，好像每次都是第一次。

阿貴媽哼了一聲：「阿貴他爸只是個手藝人，他哪會這種描花繡朵的事？這是他從縣城買來的現成貼面。」

小樹正在院子裡騎木馬，一圈一圈的，嘴裡發出突突突的吼叫——那是在學他阿爸的摩托車聲。小河坐在圈椅裡沉沉地睡著了，嘴角掛著一線口水，腿腳不時地踢蹬一下，彷彿在做著一個關於行走的夢。

「你輕點，小祖宗，吵醒你妹子，你媽就做不得事了。」阿貴媽瞪著眼睛警告小樹。

「奶奶，我姑回來，會給我買法國玩具嗎？」小樹把木馬停到了阿貴媽跟前。

「你姑是第一次回門，你只能問她討喜糖吃，不許討別的，記住沒？」阿貴媽說。

「我不要糖，我要巧克力。」

小樹扔下木馬，跑出了院門。

「這孩子大了，不能成天在這裡瞎混，得送到城裡讀書。太奶奶老了，姨奶奶家還能住。」

阿貴媽這話不是對阿珠說的，她只是在自言自語。她用不著問阿珠的意思，拿主意的不是阿珠，阿珠的點頭和搖頭都算不得數。

「你把米洗了，泡下。我到茂盛家跟他們敲定明天幫廚的事。」她交代阿珠。

阿貴媽說的米，是打黃粿用的粳米，要先洗了泡過，蒸起來才蓬鬆。

阿珠說不上懶，只是眼裡沒活。阿珠看見太陽，絕不會想到被褥上的霉斑，阿珠也從來不會從院子裡的落葉中，聯想到簸箕和掃帚的用途。想要阿珠幹活，只能直截了當地指派。阿珠有一樣別人沒有的好處，那就是順從。

阿貴媽辦完事回到家裡，發現阿珠還坐在凳子上洗米。米泡在一個大木桶裡，汪著滿滿的水。阿珠從木桶裡抓起一把米，讓水從手指縫裡漏下來，淅淅瀝瀝地漏光了，放下，再抓一把。那樣子不像是洗米，倒更像是在數米粒。

阿珠沒想到阿貴媽會這麼快回來，猝不及防，想別過臉去，可是阿貴媽早已看見了她面頰上的淚痕。

「你和阿貴，到底鬧的是哪門子鬼？」阿貴媽問。

阿珠沒回話，但阿貴媽知道她有話。阿珠的話在肚腹裡嘰嘰咕咕地行著路，跳過了嘴巴，直接跑到了太陽穴。阿貴媽看見阿珠的額角上，有一根筋在微微顫動。眼見著阿珠掛在嘴上的那把鎖隨時就要掉落，阿貴媽突然有些害怕起來。她很想知道那鎖後邊拴著的到底是什麼玩意，但又怕鎖一鬆，會竄出個什麼妖魔。這幾天她總覺得有點心神不寧。過了幾年太平日子，人咋就變得這樣戰戰兢兢，膽小怕事？她忍不住嘲笑自己。

可是阿珠的鎖並沒有掉落。阿珠沒說話，只是繼續俯下身去洗米。這一回，就有了勁道和速度，米粒在她的搓揉之下發出窸窸窣窣的呻吟。

這時阿貴媽口袋裡的手機響了，是阿意。

「媽，我明天到不了了，最早也得後天早上。市裡的領導專程趕過來，要請我和加斯頓吃飯。」

加斯頓是阿意的男人，是索邦大學歷史系的教授。

阿貴媽想說酒席的時間都定下了，客人都通知了，幫廚的人把時間都留妥了。阿貴媽還想說驢肉再放下去就不新鮮了，你阿爸都提前把地耕了，你阿哥只准了三天的假，你不回來他還得延期。但到最後，她只說了句那是好事啊，給咱家長臉了。

阿意頓了一頓，又說：「媽，有一件事，我要和你商量。我們這回，還帶來了一個人……」

阿貴媽心裡咯噔了一下，她已經猜出來這句話後邊跟著的，不是一件好事。

跟這件事相比，酒席的延期只是一個可以忽略的細節。每逢阿意說話態度強硬用詞決絕的時候，其實正是她外強中乾心中沒譜。而一旦阿意語氣委婉神情遲疑時，反而表明她心意已定刀槍不入了。從小長大，阿意向來如此，「商量」只是一件壞事的錦繡包裝，知女莫如母。

阿貴媽避開阿珠進了屋裡，和阿意說了一會兒話。掛了電話出來，臉色陰沉得像是一塊沒晒乾的抹布。她呆呆地望著屋簷下的那個空鳥巢，心亂如麻。燕子認得舊路，往年這個時候，早已回來了，今年卻杳無蹤跡。燕子不來，不是個好兆頭。早上起床時新紙一樣平展的心情，這會兒已經滿是皺褶。

阿珠只顧想自己的心事，沒留意婆婆臉上的神情，她抬頭叫了一聲「媽……」卻欲言又止。

「有話就說，見不得你這個磨嘰樣子。」阿貴媽不耐煩地說。

阿珠撩起袖子，讓阿貴媽看她的光膀子。

阿貴媽乍一看，只覺得阿珠的膀子有點髒，東一塊西一塊地沾著泥巴。再一看，她才看清楚那是幾個大小相似的圓點子，像是早年種牛痘留下的疤痕，只是顏色有點深。

「香菸，燙的。」阿珠說。

阿貴媽摀住胸口，喊了一聲皇天。她突然醒悟過來，為什麼阿珠這些年大熱天都穿著長袖衣裳。這樣的事，就發生在自己的眼皮底下，她竟然一無所知。阿珠該有多能忍呢？她從沒聽見她叫喚過一聲。一股熱氣噌的湧了上來，頂在胸口。她想說阿貴你是個人嗎？等到話出口的時候，她聽見的卻是：「你，你怎麼沒逃走？」

阿珠怔了一怔，半晌才聽懂了婆婆的意思，就連連搖頭：「不是，哦，不是阿貴幹的。是他知道了，我先前的事。」

阿珠嘴上的那把鎖，咣啷一聲掉了下來，後邊果真鎖著個妖魔。阿貴媽的直覺沒錯，不是她膽小怕事，是這個家本該有事。

阿珠的嘴巴，在失去了鎖的把守之後，一時不知所措，語無倫次。阿珠的中文只夠說一件簡單的事，卻不夠解釋一個複雜的過程。經過幾輪追問澄清之後，阿貴媽終於在那個亂線團裡，找出了一根線頭。

事情是從手機引起的。阿珠把電話打爆了，阿貴就收走了阿珠的手機，把卡銷了。有一天在工地宿舍裡整理東西，他偶然翻到了這只廢棄的手機。密碼本來就是他自己設的，出於好奇，他插上電，隨意打開手機翻了翻，沒想到就看見了一段視頻。視頻裡是一個中年女人和一個六、七歲模樣的男孩，在對著鏡頭說話。男孩臉生，女人卻是阿貴認得的——那是阿珠的媽。兩人說的都是越南話，阿貴一句也聽不懂，但他猜到了是男孩在哭著喊媽。

阿貴起了疑心，就回家來問阿珠。阿珠經不得逼問，只好說了實話。

阿珠十六歲還在上高中的時候，認識了一個在校門口擺攤的越南男人，就跟著那人走了。那個男人愛喝酒，喝了酒就下死勁地打她。後來她終於忍不下去，只好逃回了娘家。她媽看著情景不對，就託了表姊牽線，把她嫁到了中國。

這事阿貴是知道的——那是阿貴發現阿珠身上的傷痕之後，阿珠告訴他的。阿貴當時聽了一驚，阿珠就解釋說她以為表姊把什麼都講清楚了。阿貴覺得媒人不說實話也是常情，雖有幾分不爽，但阿珠一再說明已與那個男人再無瓜葛，阿貴也就把這事放下了，沒告訴家裡任何人。

阿貴只是沒想到阿珠還有隱情——阿珠和那個男人有過一個孩子。她嫁到中國之後，那個男人到娘家去找她，把孩子扔給了她媽。

阿貴這次真動了氣。他氣的不僅是那個孩子，還因為他不知道阿珠還對他瞞下了多少事，她對他到底有幾分真性情。

阿貴媽聽阿珠講了前前後後的事，只覺得腦子嘩啦一聲，碎了一地。無數個想法塵土一樣地在眼前飛過來揚過去，竟沒有一個能捏成團。今天本來是個朗朗的好日子，可是阿意進來攪和了一下，阿珠進來再攪和了一下，這天，就突然變餿了。

報應啊，報應。阿貴媽的牙縫裡擠出一絲颼颼的涼氣。

楊家的媳婦都是騙來的，阿貴媽，婆婆，還有婆婆的婆婆。到了阿貴這一代，男人卻落在了女人挖下的坑裡。

可是，阿貴就沒騙過阿珠嗎？阿貴去越南領人的時候，是許了阿珠一份好日子的。阿珠來到五進士，過上好日子了嗎？院子頭頂的那一爿天，幾個蘋果、波羅、芒果，半個月才見一次面的男人，還有不知哪年哪月才能重逢的父母。這就是阿貴許給阿珠的好日子嗎？

阿貴的越南之行，是一家人仔細商議過的。阿貴的腦子有很多盲點，需要別人來一一撥明。阿意那時還在法國讀博士，靠著獎學金緊巴巴地過日子，她指望不上家裡，家裡也指望不上她。家裡唯一能指望的，就是那幾個總也趕不上聘禮漲幅的存款。那幾個錢就是長了最強壯的腿，也只夠走一趟越南。而且，只能是一趟。

「你告訴她：不用下地幹活，每年出門旅行，一年回一次越南探親，將來接父母到中國玩。」

這是他們三個人坐在飯桌上定下的話，阿貴媽要阿貴一條一條記下了，別到時候說一句拉一句。

「這些話，每一句都能替你省錢。」阿貴媽說。「兜裡的錢看緊了，不能一次掏出來。掏出去的錢就是潑在地上的水，再想收回就難了。要見機行事，慢慢拿，能少拿一分是一分。」

臨行前，阿貴媽殷殷囑咐兒子。三十五歲的阿貴是個完完全全的大人，也是個完完全全的孩子，因為他還沒見識過女人。

要是阿貴騙了阿珠，那也不是阿貴一個人的事，阿貴的騙局裡到處都是她的指紋。就像當年她被騙到五進士，每一個細節都是楊廣全一家人的合謀。只是這一回，那個做兒媳的可不像她當年天真老實。阿珠或許早就有了提防，所以趕在他們騙她之前，先騙了他們。

到底是誰騙了誰？誰又能長長久久地騙得過誰？人聽久了騙人的話，習慣了，是不是就把那假話當成了真日子來過？

阿貴媽想不明白這裡頭的道理。她閉著眼睛靠在身後的房柱上，頭痛欲裂。她聽見了窸窸窣窣的響動，覺出眼皮上的重量，是阿珠走過來，站到了她跟前。

「我媽說我有過孩子，所以，才收了五千塊錢。我表姊阿秀，是三萬。你可以問她。」阿珠怯怯地說。

便宜沒好貨。阿貴媽一下子想起了楊廣全最愛說的兩句話。

還有一句是：天底下的好事要都教你一家子佔了，別人怎麼活？

「下回別教我看見她。」阿貴媽咬牙切齒地說。

阿貴媽眼皮上的重量還在，阿珠依舊站在她跟前。

「你要走，就走吧，誰能攔得住一個鐵了心想走的人？只是，等小河斷了奶。」阿貴媽睜開眼睛，疲憊地揮了揮手，叫阿珠走開。

「媽，我想……」

阿珠的嘴唇嚅動著，還想說話，卻被阿貴媽一下子堵了回去：「讓你媽再給你找個男人，滿天下生孩子去。只是，下回把手機藏嚴了。」

楊廣全父子兩個犁完田往家裡走，老遠就聽見自家院子裡傳出殺豬也似的嚎叫——是小河的聲音。進得門來，只見阿珠抱著小河，左哄也不是，右哄也不是，急得滿頭是汗。原來是圈椅扶手上停了一隻蜜蜂，小河拿手去抓，被螫了一口。

阿貴看見小河的手心腫起了一個粉紅色的包，便黑了臉，粗聲粗氣地說：

「整天都幹啥了？連個娃都看不好。」

阿貴攤開小河的手，吐上一口唾沫，輕輕地吹了幾口氣。小河的身子扭來扭去，咿咿唔唔了幾聲，漸漸安靜了下來。

「你媽呢？」楊廣全問。

「樓上。」阿珠說。阿珠眼睛紅腫著，聲音有些嘶啞。

阿貴媽從樓上走下來，額上包著一條濕毛巾，隔老遠就聞著了刺鼻的風油精氣味。

「你這是，咋啦？」楊廣全問。

阿貴媽取下塞在耳朵裡的兩團棉花，齉聲齉氣地說：「頭疼。」

楊廣全見小河鬧成這樣，阿貴媽都沒下樓來，看來不是尋常的頭疼，就問要不要去衛生所量個血壓？阿貴媽說一時半刻死不了。楊廣全說今兒怎麼沒人管送飯了？我和阿貴餓得想吃人呢。阿貴媽冷冷一笑，說你們楊家的事，我管不了了，能人多著呢。

楊廣全只覺得阿貴媽今天臉色不對，哪句話出口都像炮仗，便猜想是和兒媳婦嘔氣了，也不敢多問，只催著阿貴趕緊把腳洗了。

阿貴媽說你兒子能耐著呢，你還以為人家是孩子，什麼事都需要你罩著？

楊廣全聽了這話，又覺得老婆是在和兒子置氣，就問阿貴你咋惹你媽了？

阿貴心下明白了，卻不回話，只是舀了一瓢水，嘩嘩地沖腳。沖完了，低頭坐在凳子上，擠著腳上的傷口。阿貴今天忘了穿長筒膠鞋，又懶得回家取，就赤腳下了田，被螞蟥咬了幾口。當時沒覺得厲害，回家一看，兩條腿上足足有十幾個傷口。

「你得擠乾淨了。茂盛家的老二上回沒弄乾淨，發了炎，說是什麼壞死的，住了好幾天醫院。」楊廣全囑咐阿貴。

阿貴媽哼了一聲，說當年我背著他下田插秧，你怎麼沒跟我說過這話啊？

阿貴爸就嘿嘿笑，說沒見過你這個婆娘，跟自己兒子吃醋。那時候的螞蟥哪有現在的毒性？

阿珠把小河放回到圈椅裡，走到阿貴跟前，兩個膝蓋一軟，跪下來，頭埋在了阿貴腿上。眾人嚇了一跳，過了一會兒才明白過來，原來她是要給阿貴吸傷口裡的汙血。

阿貴的身體往後縮了一縮，僵成了一坨鐵，可是阿珠的嘴唇沒有放過。阿珠的嘴唇像超大功率的吸盤，吸得阿貴一身的汗毛都炸成了針。阿珠癟著腮幫子，吮一大口，呸的吐出來。再吮，再吐，地上便都是一坨一坨帶著血絲的唾沫。漸漸地，阿貴身上的汗毛草似的平伏了下來，只覺得阿珠一口一口吸出去的，不是血，而是他身上的力氣。阿珠的嘴唇和舌頭剔走了他身上的每一根筋每一塊骨頭，最後只剩下一泡水一堆爛肉。他看著阿珠裸露的頸子上那一層水蜜桃似的絨毛，全身癱軟，嘴角扯了一扯。

「去灶房泡碗鹽水，漱一漱口。」他起身推開了阿珠。

阿珠從灶房回來，手裡端了兩大碗米飯，上面澆著厚厚一層筍乾炒木耳。本來是有雞丁的，阿貴媽把雞留給了第二天的宴席。

父子倆端起碗，誰也不看誰，就呼嚕呼嚕地開吃起來，把筷子當成了勺使。一口氣的空檔裡，碗已經見了底。

「沒人跟你搶，這副吃相。」阿貴媽搖了搖頭，起身給他們各添了一碗。這一回，兩人就慢了下來，嘗出了點菜的滋味。

「貴他媽，誰惹了你的？給我說說。」

楊廣全放下飯碗，點上了一根菸抽著，打了個哈欠，嘴大眼小起來。

阿貴媽斜了阿貴一眼：「你待會兒自己問他。」

阿貴也點了一根菸，蹲在地上騰雲駕霧，沉默不語。

「他媽，你人不舒坦，歇著吧。明天阿意來，夠你忙的。」楊廣全指了指樓上，對阿貴媽說。

「你計畫一年，也頂不上人家說變就變。」阿貴媽就把阿意後天才到的事，告訴了楊廣全。「待會兒你去一家一家通知吧，我懶得。」

楊廣全抽完了一根菸，站起來，在院子裡兜來兜去，揉著飽脹的肚皮。

「阿意後天到，也好。阿貴明天你跟我去趟下邊，買點海貨。家裡請客，肉夠了，缺魚。」

楊廣全說的「下邊」，是指廊橋那頭的福建地界。

阿貴猶豫了一下，瞟了阿珠一眼：「明天那邊有集市，要不全家都去逛逛？」

阿貴媽起身朝樓上走去。

「你們去吧，我頭疼，歇著。」她說。

最初的寒暄有幾分尷尬。

阿貴家的場地不大，卻擠了滿滿一院子的人——他們一路把客人迎進村後，就待在阿貴家裡不肯走了。楊廣全兩口子和阿意夫婦坐在堂屋裡，四下一圈一圈地圍著看熱鬧的人。圈子逼得很緊，都聞得見嘴裡噴出來的蒜味和菸味。阿貴媽只覺得這會兒的場景，有幾分像多年前在娘家見過的街道批鬥會。空氣不夠，腦瓜仁子憋得一蹦一蹦的跳，彷彿裡頭有一面鼓在敲。

除了在電視上，五進士的人從來沒有面對面地見過真正的洋人。大夥兒都知道那個戴眼鏡的高個子男人是阿意的洋夫婿，有背時些的，就不太清楚那個黃頭髮藍眼睛的小女孩是誰。有人說那眼睛不是藍，是綠，也有人說在太陽底下是藍，到了陰暗處就變成了綠，像貓。有消息靈通些的，就趴在背時之人的耳朵上說：那女孩是阿意的夫婿拖過來的油瓶，千真萬確，是阿貴媽親口告訴茂盛媳婦的。那背時之人就感歎，說這麼老相的男人，還拖個這麼小的油瓶。村裡人只知道女人帶了孩子再嫁叫拖油瓶，如今拿了這話來說男人，就覺得滑稽，有一兩個婆娘忍不住吃吃地笑出了聲。

有個婆娘歎了一口氣，說可惜了，一個黃花大閨女。就有人反駁，說人家是法國大學的校長，要是在中國，這個級別該算是省長了吧？阿意嫁他，不吃虧。又有人說阿意是法蘭西最大的實驗室裡最有名的科學家，名聲趕得上屠呦呦，分分鐘要得諾貝爾獎，是人家佔了阿意的便宜。

關於阿意和加斯頓身分地位的傳說，最早落到五進士的第一隻耳朵裡時，還只是一塊鵝卵石。從第一根舌頭傳出去，落到第二隻耳朵時，就已經是一塊岩石了。等在五進士村裡轉了個圈，再傳回到阿貴家院子裡時，已經是一座山峰。

這些話雖然是低聲說的，阿貴媽卻也免不了猜著了個大致的意思，只覺得臉上有點掛不住。就擺了個笑臉，揮揮手，叫眾人都先回去，好讓阿意兩口子歇息一會兒，吃飯的時候再聚。

阿意在外頭這十幾年裡，也交過幾個男朋友，卻沒有一個到了可以領回家來的地步。阿意一天沒著落，阿貴媽一天心神不定。突然有一天，阿意發了張照片回家，說在巴黎認識了一個人，要結婚。阿貴媽一看照片，是個洋人，看起來比阿意歲數大些，樣子還算周正。阿意找的不是中國人，阿貴媽心裡就有些彆扭，但想到阿意三十好幾了，已經過了挑三揀四的年紀，只好點頭認了。結婚是阿意自己的說法，實際上不過是到市政廳登個記拍了張照片，就算完事了。

後來阿意和母親通電話，才說起加斯頓先前結過婚，有個五歲的女兒，現在和他們一起住——那都是結婚好幾個月之後的事了。阿貴媽心裡一驚，就問他是不是先前騙了你？阿意就笑，說媽這不是在五進士，我哪有這麼好騙？發給你的那張結婚照上，給我拿著花的，就是他女兒。

阿貴媽一時氣結。她見不得阿意在還沒成為自己孩子的娘之前，就先做了別人的後媽。她更不痛快阿意在如此重要的事上，竟然瞞過了自己的親娘。阿貴媽為這事憋屈了很久，免不得要在楊廣全身上撒一撒氣，說真不愧是你的親骨血，都不用學，天生知道怎麼把生米先煮成粥。楊廣全便說好事要都落在阿意身上了，你讓別人怎麼活？她要是先告訴你了，你能同意嗎？你同不同意，這個婚她都是要結的。她要不是這麼能拿主意，她能走到今天這一步？

阿貴媽冷靜下來，想想楊廣全這話還是有點道理，才把心頭的一塊疙瘩漸漸平順了下去。楊廣全老了，沒了從前的那股子張狂勁，可現在說出來的話，倒比年少時中聽。

半個月前阿意打電話來，說要回國開會，順便帶加斯頓回家探親。阿貴媽想著女兒結婚的時候，娘家沒有替她張羅過，就早早地傳出話來，要宴請全村。

誰知事到臨頭，阿意又從上海來了個電話，說加斯頓的女兒也跟著他們一起回國了，後天一起回五進士。

阿貴媽沒有絲毫心理準備，只覺得當頭挨了一記悶棍，好不容易已經平伏下去的一口氣，又噌的一下被挑了起來。就拉下臉，說你頭一次回門，帶著她來算什麼？阿意說加斯頓說了，孩子得看看世界上別的地方的人是怎麼生活的。加斯頓還說了，孩子需要了解跟她父親在一起的那個人的生活經歷。

加斯頓。加斯頓。加斯頓。

阿貴媽發現阿意現在說話不僅是口音而且連腔調都變了，阿意把加斯頓的話當成了經書。她一下子沒管住自己，忍不住對女兒說：「好好的一塊白布上有了個疵點，你非得縫在前襟上招搖過市嗎？」

其實白布的比喻是她臨時改的口，她當時真正想說的是一盆白米飯上面有了一粒老鼠屎，話到嘴邊的時候，她又吞了回去。阿意不是阿貴，更不是阿珠，她就是再糊塗，也知道對他們三人說話，各該有各的尺度。

聽了那個關於白布的比喻，阿意在電話那頭愣了一愣，半晌才說：「媽，你要不同意孩子過來，那我也不回來了，省得丟你的臉。」

這一句話，把阿貴媽堵得沒有了退路。宴客的消息早已敲鑼打鼓地在五進士張揚出去了，這幾天連村裡的狗都不肯好好尋食，在等著啃酒宴上剩下來的肉骨頭。女兒帶著別人的油瓶回來，是丟臉；女兒壓根不回來，更是丟臉。阿貴媽把兩樁丟臉放在天平上秤過了，最後只好認領了稍輕的那樁。

從小讓她最信得過的女兒，原來也和兒子一樣，沒讓她省心。瞞天過海，暗度陳倉，先斬後奏，聲東擊西，調虎離山，偷梁換柱……她的一兒一女都無師自通地學會了三十六計，知道那背後的一刀捅起來最過癮，最教爹娘猝不及防，手惶腳亂。

看熱鬧的人終於散了，阿貴和阿珠領著幾個留下來幫廚的男女勞力，進了灶房裡忙活，院子裡這才安靜了下來。

加斯頓站起來，走到楊廣全夫妻跟前，深深地鞠了一躬。那腰彎下去，遮暗了一小片地，阿貴媽這才真正覺出了女婿的個頭威猛。

「爸爸媽媽，很高興見到您們。」加斯頓說。

加斯頓的話聽起來很怪，楊廣全夫婦怔了半晌，才明白過來那是洋腔洋調的中文。小樹在旁邊聽了，就哈哈地笑：「奶奶，奶奶，他說『剪刀』你們。」

見加斯頓彎腰站著，紋絲不動畢恭畢敬的樣子，楊廣全慌慌張張地去扶，連聲說不敢當不敢當的，阿意你趕緊叫他別這樣。阿意說阿爸你隨他去，他在日本教過幾年書，學會了日本人的樣式。

小樹聽了，就舉起拳頭，說日本日本，打倒日本。阿意揪住小樹的耳朵，說你這個小不點，上回見你才會走路，一眨眼就長成小潑皮了。小樹的身子扭來扭去地躲著阿意的手，嘴裡咕咕囔囔地說：「新娘子，巧克力。」

阿意鬆開小樹，說：「我早不是新娘子了，不過巧克力倒真有，等姑開了箱子找出來給你，吃得你滿嘴黑牙。」

阿貴媽打了一下小樹的屁股，說大人說話，你別在這兒淘氣，出去玩去。

小樹哭喪著臉，正要出門，加斯頓的女兒艾瑪突然扯了扯阿意的袖子，輕聲用法語問：「露意莎，他可以帶我出去玩嗎？」

露意莎是阿意的法國名字。

阿意就攔住小樹，問你能帶這個法國小姊姊出去玩嗎？不走遠。

小樹看了一眼艾瑪，神情突然就扭捏起來，把那副潑皮模樣全丟了。半天，才輕輕點了點頭。

阿意交代艾瑪：「路上遇到人，見面就說『你好』。記住，是『你好』，不是『再見』。聽不懂也沒關係，微笑可以帶你走一萬里路。」

艾瑪說：「爹地說過，到了中國，話聽不懂的時候，頭兩回點頭，第三回就搖頭，三回裡頭總有一回能矇對。」

阿意和加斯頓忍不住哈哈大笑起來。

阿意拉著小樹說：「不能讓小姊姊吃生的東西，你行她不行，她的胃不適應。」

話沒說完，小樹已經拉著艾瑪的手噌噌地跑出了門。

楊廣全看了一眼加斯頓，對阿意說：「你告訴他，在五進士，牛丟了都會有人送回來，人更丟不了，叫他一百個放心。」

阿貴媽把阿意拉到一邊，輕聲說：「她咋能叫你名字呢？不叫媽，也至少叫聲姨吧？她爸不會教她禮數？」

阿意就笑：「她有媽，憑什麼叫我媽？在國外，都興叫名字。」

「在國外，我管不著。在咱這兒，就得守咱們的規矩。」阿貴媽的臉緊了起來。

加斯頓疑惑地看著阿意，急切地想加入談話。這幾個月裡，他從旅遊書和網上吭哧癟肚地學了些中文——阿意沒耐心教他，說他的理解能力一流，摹仿能力卻是零。他學來的那幾句中文，在跨進五進士的頭一刻鐘裡就使完了。離開了阿意這根拐杖，他覺得寸步難行。可是這會兒阿意沒心思當拐杖，阿意自己有路要走。

「你去屋裡，先把行李收拾出來，一會兒艾瑪回來好洗澡。」阿意對加斯頓說。

阿貴媽聽不懂法語，但卻看得出來女兒跟女婿說話的時候很有底氣，不像是要依女婿臉色行事的樣子。兩年多沒見，阿意胖了一些，面頰滿了，笑起來有了淺淺的雙下巴，坐在凳子上不動的時候，衣服在肚腹之間顯出幾個隱隱的褶子。阿貴媽想起那年她送阿意上大學，從廊橋的這頭走到那頭，女兒告訴她「人不能兩次踏進同一條河流」的話。那時候，阿意還是個乾癟精瘦沒見過世面的女孩。十幾年了，阿意從廊橋走出去，一走就走得那麼遠，一沒留神，當媽的竟然就錯過了阿意從女孩到女人的整個過程。

「媽，艾瑪是個，好孩子。」阿意對母親說。

阿貴媽發現阿意頭髮上有一張紅紙片——那是鞭炮留下的碎屑。她想伸手把那紙片拿下來，女兒微微地躲閃了一下，她訕訕地縮回了手。她和女兒，已經生疏了。日子過得太快太糙，日子只教會她兵來將擋水來土掩，日子卻沒有教會她溫軟親暱。

「再好也是別人的，你該有一個自己的。」阿貴媽打量了一下女兒的腰身。

阿意挪了挪身子坐正了，收緊了肚腹。

「哪有時間？」阿意說。

「你只要辛苦九個月，生下來，我和你媽給你帶。」一直還沒機會說話的楊廣全，突然插了進來。

阿意低頭瞅著自己的鞋尖，直到腳趾頭覺出了熱。

「孩子，要跟父母，在一起。」阿意說。

阿意像擬電文一樣吝嗇地挑選著她的用詞。她信任名詞，容忍動詞，卻懷疑形容詞和副詞。她在自己的日常用語中小心翼翼地剔除著這兩種詞，因為它們不僅變幻無常缺乏邏輯，而且極不可靠，隨時會把談話引入萬劫不復的歧途。

三人都沉默了，他們都同時想起了阿意在縉雲度過的童年和少年。阿貴媽從來沒問過，這些年阿意在外頭，最想的是親媽，還是外婆？阿貴媽不敢問——她不想聽假話，但她更害怕聽真話。

「嫂子現在，都習慣了吧？」阿意換了話題。

阿意的問話，誰都聽得懂，但別人聽懂的，只是表皮的意思。底裡的意思，只有他們三人知道。在那層意思裡，所有其他的人都是外人，包括阿貴。

從娶進阿珠那天起，阿貴媽就惴惴不安。這一帶娶過來的越南媳婦，有人逃走過。鄰村的一戶人家娶了兩回，逃了兩回。阿珠沒生孩子的時候，阿貴媽擔驚受怕。阿珠生下了孩子，阿貴媽還是擔驚受怕。前頭怕的是白扔了聘禮，後頭害怕的，就不只是聘禮了，還有沒娘的孩子。

阿貴媽張了張嘴，正想說什麼，楊廣全輕輕咳嗽了一聲，她就住了嘴。半晌，她才歎了一口氣，說還過得去吧。

阿意覺得父母的相貌，在這一刻裡突然就變了。父母的老，大約和天下所有人的老一樣，都是一個漸變的過程。只是她，錯過了量變的那條線，一下子看到了質變的那個點，就在父親的那聲咳嗽和母親的那聲歎息裡。當楊家的院子裡站滿了人的時候，父母的額頭是鼓的，眼裡有光，脊背上戳著一根硬直的骨頭。可是人一散，綁著父母筋骨的那根繩子就斷了，父母突然就癱軟了下去。阿意不知道她到底更想看見父母吃力地繃著，還是放心地懈著，這兩樣都教她不知所措。

「爸，媽，我和加斯頓商量好了，今年申請你們到法國，探親。」阿意說。

阿意的確和加斯頓談過這事了，但他們說的是明年，而不是今年。

「等你有了長期工作，再說這事吧。」阿貴媽說。

阿貴媽知道阿意這幾年都還在做博士後，收入比讀博士的時候多一些，卻也多不到哪裡去。

「加斯頓答應借我錢了。」阿意說。

阿貴媽吃了一大驚：「他，不養你？」

「我有收入，為什麼要他養？」

「男人不養女人，你嫁給他做什麼？」阿貴媽的聲音裂開了一條縫。

阿意沒回話。要想把她和加斯頓的婚姻模式轉化成五進士的語言來解釋，需要三個博士學位，十門哲學倫理歷史課程，再加上一千公里的耐心。她走了太遠的路，她有些筋疲力盡。

「媽，我和加斯頓，是真心的，我不圖他，他也不圖我，不像哥哥和嫂子，還有……」

阿意猝然收住了話尾，但是阿貴媽立刻明白了阿意咬住的那半截話是什麼。

那是「你和我阿爸」。

假如說阿意前頭的話是石頭，雖然不順耳，至多也只是堵心，後面這話就是刀子，在阿貴媽心尖上捅出了一個窟窿。她想說我和你爸，當初也是真心的。只是真心抗得過日子嗎？日子一磨，什麼真心都得漏底。你和加斯頓是不是真心，等過十年再說，到那個時候，再聞聞你今天的話是不是餿了。

人不能兩次踏進同一條河流。

阿貴媽再次想起了那年阿意在廊橋上和她說過的那句話。是的，阿意回來了，可是橋不是同一條橋，河不是同一條河，阿意已經不是同一個人了。

興許，她自己也不是了。

那一刻阿貴媽坐在女兒旁邊，心給劈成了兩半，一半是女人，一半是母親。作為女人的那一半，很想把心裡的這幾句話啪的扔給阿意，扔它個滿臉開花。作為母親的另一半，卻希望這些話一輩子都用不到女兒身上，到老，到死。

最終是母親的那一半贏了。母親的一半永遠是贏家。

阿貴媽什麼也沒說，說話的是楊廣全。

「我和你媽，出不出國都不要緊。你若真有閒錢，幫一幫你阿哥。」

「Un，deux，trois，quatre，cinq……」（法語：一，二，三，四，五……）

五歲的艾瑪站在五進士村那條土路上，數著鋪在路上的飯桌。她能數二十以內的數，但不能被打斷，一打斷，就得從頭開始。

其實，她會的數字比這個大得多，她可以一路不打一個磕巴*2地從一數到一百。但二十一和一百之間的數字，對她只具備抽象意義，和具體物件沒有聯繫。

數過幾次之後，艾瑪終於數明白了，是十九張桌子，正好落在她懂的那個數

2 結巴。

字範圍裡。

小樹也在數。小樹的數法不是艾瑪的數法，確切地說，小樹其實不是在數數，而是在背數，他能從一背到十。五進士的孩子都沒進過幼兒園，小樹的數字是阿珠隨意教的。但是數字對小樹來說只是小和尚嘴裡的經書，能順著背，但什麼也不懂。小樹如此這般背了幾遍，就膩煩了，貓下身子鑽進桌子底下，這頭進，那頭出，再那頭進，這頭出。

十九張桌子，大部分是圓桌，也有幾張方桌，還有一張長桌。凳子有長條的，方的，圓的，高矮不齊。艾瑪想問爸爸或者露意莎，為什麼桌子和凳子會是這樣五花八門的呢？可是爸爸和露意莎這一刻都不在身邊，沒人理她。她只好去問小樹。

小樹聽不懂她的話，卻猜出了她的意思。小樹伸出一個指頭，大大地畫了一個圈，把路兩側所有的房子都圈了進去，說：「大家的。」

艾瑪聽不懂小樹的話，但她也猜出了他的意思。

他倆就這樣各說各話，在瞎矇亂猜的路上跌跌撞撞地走了一會兒，突然間，老天爺伸出一根手指點撥了一下，他們的腦子就通了。她不再說她的話，他也不再說他的，他們創造了一種沒有音標語法時態、除了他倆之外誰也不懂的語言。等到加斯頓和阿意再次見到他們的時候，他們已經毫無阻隔地玩在了一起。

加斯頓驚歎不已，拍了一段視頻，說要帶回去給語言系的教授作研究，看這是個什麼現象。阿意說這有什麼大驚小怪的？只要溝通的欲求足夠急切，就能創造語言。世上所有的交流障礙，其實只是懶惰的藉口，因為人還沒被逼到絕路——沒有奇跡的原因是沒有欲求。

加斯頓看了阿意一眼，微微一笑：「露意莎我總覺得你更應該是哲學家而不是科學家。」

艾瑪在五進士的這半天裡，經歷過了好幾次驚訝，或者說，驚嚇。早上當他們剛剛拐進村口，她就聽見了一陣密集的槍聲。沒錯，當時艾瑪就是這麼認為的。她一下子撲在加斯頓的腿上，兩手搗住了耳朵。後來露意莎告訴她，這不是槍聲，是鞭炮聲。艾瑪知道焰火——她看過艾菲爾鐵塔和諾曼第海灘上的國慶煙花表演，但她從沒見過鞭炮。她甚至沒聽說過這個單詞。

Les petards。加斯頓告訴艾瑪。

「為什麼要有這麼可怕的聲音呢？」艾瑪問。

「世界上表達喜慶的方式很多。在中國，鞭炮就是一種。」露意莎說。

艾瑪說：「知道了，就像香榭麗舍大遊行時，儀仗隊手裡的槍，但是他們的槍不發出聲音。」

「可是今天是什麼喜慶日子呢？」

艾瑪正想問，還沒開口，就聽見鞭炮的聲響裡又夾雜進了別的聲響。那聲響聽起來也很熱鬧，但卻不那麼尖脆，不像錐子扎著耳朵——那是鑼鼓。敲鑼鼓的人站在路的兩邊，路正中有兩個壯漢扯著一面巨大的紅色橫幅，上面密密麻麻地寫著許多中國字。

艾瑪覺得那些字像是剪刀剪出來的，每個筆畫都邊緣清晰，一眼看上去都能覺得出刀鋒的銳利。只是她一個字也不認得。加斯頓比女兒略強一些，從那一堆字裡認出了四個不知用什麼邏輯排列的數字：「十，百，一，五。」

「那上面寫的是什麼？為什麼會有這麼多數字？」他問妻子。

露意莎眼力好，隔著很遠就看清楚了橫幅上的字：

十年寒窗，歷經世間百般苦，

一朝榮歸，羞煞前朝五進士。

露意莎沒有回答。她沒法告訴加斯頓：這裡所有的數字，除了五是真的，其餘的基本都是比喻。十不真是十，一也不真是一，百更不真是百。可是，假若它們都不是真的數字，那它們又是什麼？

艾瑪扭頭看了一眼，突然驚叫了起來：「爸爸，露意莎哭了。」

加斯頓把一根手指放在唇上，噓了一聲，然後從口袋裡掏出一條手帕，遞給了妻子。露意莎窸窸窣窣地擤過了鼻子，才甕聲甕氣地說：「是歡迎的意思。」

艾瑪從座位上顛了顛身子，興奮地說：「那塊布是不是就像戛納*3的紅地

---

3 坎城。

毯？只是不鋪在地上。」

去年戛納電影節*4開幕時，加斯頓正好在附近度假，就帶著艾瑪去看過一次紅毯秀，沒想到孩子就記住了。

艾瑪對事物的觀察和解釋，總有著她自己的路數，乍一聽天馬行空，再一想卻是在邏輯的地界之中。有一回，幼兒園的老師說到聖誕節的來歷，問孩子們「教堂」有什麼用途？艾瑪第一個舉手，說那是上帝在地球上的辦公室。老師聽了一怔，然後拍案叫絕。

艾瑪的想像力，時時讓大人膽戰心驚，生怕她走火入魔誤入歧途，但她卻總會在腳尖幾乎踩上荒謬邊緣的那一刻，出其不意地突兀轉身。

早上當他們從車上走下來，眾人像潮水一樣把他們腳不點地地捲裹進楊家院子時，艾瑪捏了捏父親的手，問：「露意莎是明星嗎？」

父親也許回答了，也許沒有。人流太擁擠喧囂，她聽不清楚，她只是覺出了

4 坎城影展。

父親的掌心很潮濕滑膩。

艾瑪在五進士經受的更大的驚嚇，發生在下午，當她和小樹在院子裡看殺雞的時候。

雖然阿貴家有兩眼大灶，但即使柴火一刻不停地燒著，也供不了十九張桌子的飯食。阿貴媽早就想好了應對的法子：肉菜和黃粿，在自己家裡做，魚和素菜，借用隔壁茂盛家的灶火。但是總會有一些菜，落在這些分類中間的模糊地帶，比如紅燒肉燉蘑菇，再比如筍乾炒雞丁，那是素中有葷，葷中有素。於是就需要一個充當運輸隊角色的人，把盛著肉湯的鍋從這頭送到那頭，再把裝著菜蔬的籃子，從那頭搬到這頭。

阿珠就應運而生地做了那天的跑腿。

阿珠用一根布帶，把小河綁到背上，在自家院子和茂盛家的灶房之間，來回奔跑。小河從沒在她阿媽的背上走過這麼多路，見過這麼多張被汗水和興奮泡得走了形的臉，聞過這麼多種她壓根分辨不清的味道。她渾身上下連腳趾頭都好奇，不睏不餓也不鬧，靜靜地圓睜雙眼東張西望。

阿珠不僅當跑腿，阿珠也負責把散在路上的雞轟回到院子裡。阿貴家裡養著二十多隻雞，阿貴媽決定今天要殺七隻。挑選死刑犯的標準很簡單：母雞按生蛋能力強弱，公雞按脾性頑劣程度。七隻裡有六隻她都不用過腦子，只有挑第七隻時，她猶豫了一下。第七隻是大公雞，是家裡這群雞中的山大王，天生好鬥。跟其他的公雞鬥，是爭風吃醋；跟圍著牠的母雞鬥，是為了顯擺；跟闖進楊家院子的狗鬥，是為了守住地盤。甚至連樹上飄下一片落葉，牠也會豎起一身毛，聒噪不已。論脾性牠該第一個挨宰，可是讓阿貴媽猶豫不決的，卻另有原因——牠長得實在惹眼。

阿貴媽養雞的歷史比她的婚史還長，遠在她還是個小姑娘、剛剛學會走路的時候，她就跟在母親的身後，學會了在雞窩裡掏出隔夜的蛋、用糠混著米碎和菜葉餵雞、隔三岔五換一次雞窩裡鋪的稻稈。可是即使她養過這麼多年雞，她也沒見過長得這麼精神的公雞。這隻雞的尾巴上生著一大蓬赤紅色的毛羽，那赤紅若僅僅是赤紅，倒也普通了，偏偏那赤紅裡，又夾雜著幾綹割眼的孔雀藍和杏黃。這蓬毛羽，靜著看是一片虹彩，跑起來那可就是一團鑲著青絲黃絲的飛焰，教人看著就忍不住想扯開喉嚨喊上一嗓子。

阿貴媽不禁感歎：難怪人長得好能傾國傾城，連雞長得好都能讓人刀下留情。但憐惜歸憐惜，阿貴媽心裡明白，這隻雞留著，楊家院了便無安寧之日。在阿貴媽的情緒隊列中，安寧總歸還是排在憐惜前頭的，於是在片刻的猶豫之後，她還是把這隻雞歸到了死刑犯的隊伍裡。

楊家管殺雞的，從前是楊廣全，今天是阿貴。

楊廣全殺雞，跟他年輕時幹木匠活似的一板一眼，精工細作。他先用草繩把雞的兩隻翅膀捆了，然後剃了頸脖上的毛，在脖子上割出一個小口子，把雞血瀝乾淨了，再扔進滾水裡退毛。

阿貴對他阿爸的殺雞方法有些不以為然。他說那是殺一隻雞的方法，殺七隻雞也用這個法子，那得從早晨殺起，殺到太陽落山。阿貴殺雞的方法很簡單，簡單到幾乎粗暴。阿貴只是把刀磨鋒利了，準備好兩桶熱水，把雞按到案板上，一刀砍下去，刀落頭也落，再蓬的一聲扔進水裡了事。楊廣全雖然嘴上不服，心下也知道兒子的方法不無道理：十九張桌子的飯食，自然沒法像一張桌子那樣精細操持。

這天他們抓那隻長相俊朗的公雞，很是費了一番周折。阿珠花了一把好米，才勉強把牠哄進院門，但牠卻不肯束手就擒。牠似乎知道那是牠的最後時辰，那腿腳和翅膀上突然就長出了一副彈簧，楊廣全父子兩個大男人，跟在牠身後居然怎麼也追不上，眼睜睜地看著牠一路狂奔，揚起一片飛塵，幾乎遮暗了天日。就在阿貴幾乎得手時，牠卻撐開兩隻鐵扇般的大翅膀，嘩啦嘩啦地飛到了院子裡的那棵桃樹上，死活不肯下來。最後是阿貴媽舞著一把掃帚將牠捅下來，阿貴和他爸扯了塊破床單一把攏住，才總算把牠降服——眾人早已是一頭一臉的汗。

阿貴舉起刀，正要下手，卻被阿貴媽攔住了。阿貴媽閉著眼睛，嘴裡唸唸有詞：

雞啊雞，你莫怪，
你本是人間一道菜。
今日去了明日你再來。

這是五進士的女人在宰家禽家畜時都要說的話，第一個字依據當時情況隨意填改，可以是雞鴨鵝，也可以是豬羊牛。

阿貴媽的最後一句話還沒說完，阿貴已經手起刀落，雞頭砰的一聲掉在案板上，雞頸裡衝出一條黑血，足足有兩尺高，濺到半空，落下來，裹起一團浮土，地上就開出一朵一朵骯髒的花。案板上的雞頭怒目圓睜，雞冠漲得血紅。小樹興奮地拍手尖叫起來，阿貴媽嘖嘖歎息，說可惜了那半碗好雞血。

阿貴正要把雞扔進熱水桶裡，不想那雞突然硬挺起來，刷地掙脫了阿貴的手，跳到地上，呆立了片刻，便狂走起來。那雞沒了頭也沒了眼睛，可身體上彷彿又生出了新的眼睛，一路沿著院牆，走到晒衣服的竹架跟前時，身子矮了一矮，從底下鑽了過去；遇到阿珠泡著髒衣服的木盆時，從旁邊繞開了走。一路走，脖子上一路汩汩地冒著血泡。走到艾瑪身邊，眾人都以為牠會繞過艾瑪，沒料想牠在艾瑪的褲腿上蹭了一蹭，身子突然軟塌下來，啪的一聲撲在艾瑪腳面上，再無動靜。

艾瑪驚叫了一聲，把那團軟綿綿的東西一腳踢開了，雪白的運動鞋面上已經沾上了一團溫熱的血。艾瑪盯著那團汙穢，嘴唇顫顫地抖了起來。

艾瑪對雞的全部知識，都來自超市裡那些裝在塑料盒裡、蒙著一張尼龍紙的白白淨淨的肉。在走入五進士之前，她完全不知道那些盒子裡的肉和刀和血有什麼關聯。她一把摟住了離她最近的阿貴媽，扎在她懷裡嗚嗚咽咽地哭了起來。

阿貴媽渾身上下突然就緊了，緊得如同一塊被風吹乾了的木頭疙瘩。艾瑪的身子很柔軟，摸不到一根骨頭一根筋，金黃色的頭髮被風吹著，輕輕癢癢地搓摩著阿貴媽的手背，猶如一把絲做的刷子，阿貴媽突然間覺得自己的皮膚已經老得像魚鱗。

阿貴媽驚惶地問阿意：「這，這孩子在說什麼？我一句也聽不懂。」

「她說『奶奶，我怕』。」阿意解釋道。

阿貴媽摟著艾瑪的頸子，大氣也不敢出，生怕自己手上的毛刺會在那綢緞一樣的皮膚上鉤出絲來。

「傻孩子，怕什麼？雞本來就是給人吃的。」阿貴媽貼在艾瑪耳邊，輕聲地說。

艾瑪已經止住了眼淚，只是一口氣還沒喘順，依舊在抽噎著。

「阿意，你告訴她，我給她留著雞毛。這麼好看的雞毛，別說五進士，全世界也沒有。」阿貴媽說。

小樹聽了，立刻跑過來，扯住阿貴媽的衣襟叫喚起來：「奶奶，我也要，我也要。」

阿貴媽揉了揉小樹的頭髮：「你是個小子，要雞毛做啥呢？奶奶是要給那個黃毛丫頭做毽子的。」

加斯頓站在一旁看著，用胳膊肘撞了一下妻子：「今晚你可以猜得到，艾瑪會有什麼樣的噩夢。」

阿意用胳膊肘回撞了一下加斯頓：「是你要帶她來『看一看別的地方的人是怎麼樣生活的』。你要改變主意，現在還不晚。」

阿貴媽蹲下來，把那隻斷了頭的公雞扔進熱水桶裡準備退毛，嘴裡喃喃自語。

「新鮮，誰是她奶奶？」

就在艾瑪站在村裡那條土路上數著飯桌的數目時，她的父親加斯頓正蹲在楊家的灶房裡，看他的丈母娘泡製用來做黃粿的草木灰湯。柴是山上砍來的山苓，已經燒成了灰，阿貴媽正一瓢一瓢地往盛著灰的篩子上澆滾水，泥黃色的汁液冒著熱氣，從篩孔裡淅淅瀝瀝地漏了下來。

阿意看見加斯頓的眉毛輕輕挑了一挑，就扯著他往院子裡走。

「這個環節你可以跳過，直接進入下一個步驟，省得我看著你彆扭。五進士的人有生病的，卻沒有一個是因為灰湯。」

終於瀝完了灰湯，楊廣全端著一大桶滾燙的米飯出來，倒進石臼裡，阿貴媽就往上淋灰湯。米飯漸漸變了顏色，就有些帶著鹼味的香氣在空氣裡彌漫開來。

楊廣全舉著一個長柄木槌，開始搗黃粿。阿貴媽的手在盆裡蘸一把涼水，在他舉槌的空檔裡，捏挪著石臼裡的飯團。他沒看她，她也沒看他，他的木槌和她的手指似乎都長著眼睛，各看著各的路，各自警醒。他落槌的時候她抽手，他起槌的時候她伸手，一起一落，一伸一縮，木槌和手指在半空畫出一條條天衣無縫的弧線。

加斯頓看得目瞪口呆，就問阿意：「這本事是怎麼練出來的？」

阿意就笑：「你是想聽我爸的版本，還是我的版本？你要問我爸，他一準說山裡人天生就會幹這些事，不會搗黃粿的就不是山裡人。」

「那你的版本呢？」加斯頓問。

「他們吵了四十年的架，才磨合到這個程度。」阿意說。

加斯頓但笑不語。阿意揪著他衣袖逼他說話，他才搖了搖頭：「我放棄，我本來還想學一學怎麼做黃粿的。四十年，我沒耐心。」

兩人正鬥著嘴，阿貴進了院子。阿貴身上圍著一條厚塑料圍裙，上面沾滿了斑斑駁駁的血點和碎骨茬——他剛剛和茂盛一起剁完了驢肉。

阿貴媽看了他一眼，說：「瞧你這樣子，嚇著誰，像剛殺過了人。」

阿貴脫下圍裙，正要接手他爸的木槌，阿意就嚷了起來：「哥拜託你先去洗個手，這裡有FDA（美國食品和藥物管理局）的人。」

阿貴沒聽懂，問：「你說的啥洋話，欺負我文盲啊？」

阿貴媽就舀了一盆水，遞了塊肥皂給阿貴。「洗洗吧，這裡有人腸胃嫩得像豆腐。」

阿貴洗了手，接過他阿爸的木槌，和他媽一起繼續搗黃粿。配合依舊默契，但終趕不上他阿爸。他和他阿媽搭手，是老老實實中規中矩地幹一樁家常活。他阿爸和他阿媽搭手，是神采飛揚地上演一齣排練了多年的戲。

兩口子就是兩口子。兩口子吵的每一架，都留下了痕跡。加斯頓暗想。

楊廣全歇下來，就蹲到牆根，掏出一個菸盒，抽出一根菸來抽。想了想，又問女兒加斯頓抽不抽菸？阿意剛搖了搖頭，加斯頓卻把手伸過去，問老丈人討了一根。加斯頓點火夾菸吸氣呼氣的樣子都很老道，一看就知道曾經是桿老煙槍。

加斯頓又問岳父要了菸盒過來，放在手心仔細端詳。盒子設計很簡單，兩道白，中間隔著一道紅，上面印著幾個他不認識的漢字，倒是注了拼音。

「Liqun*[5]。」他唸出了聲。

楊廣全伸出兩個指頭，對加斯頓比劃了一下：「二十塊錢一包，比法國菸便宜吧？」

阿意正要翻譯，加斯頓已經猜出了意思。

「便宜。」他用中文說。

這是漢語旅行手冊裡的內容，他用上了，而且用得恰到好處，把他丈人逗得哈哈大笑。

楊廣全扭頭瞅了一眼阿貴媽，見她正背對著他忙活，就對阿意做了個手勢，讓她過來。

「我掛在樹上的那件衣服口袋裡，有兩個紅包。你拿去給小樹小河一人一個，就說是你給的，不用跟你媽說。」楊廣全小聲說。

這麼些年了，楊廣全依舊有著自己的小金庫。

---

5 利群香菸。

一股熱氣霍的一聲衝上了阿意的面頰，她覺出了難堪。阿爸什麼也沒說，阿爸又什麼都說了。阿爸一切都看在眼裡。阿爸用他的周全，責備了她的欠缺。阿爸用他的體貼，教她看見了自己的粗心。

她知道阿爸沒說出來的話是：「你欠了你哥。」

可是，誰欠了我呢？阿意心想。在該上清華的時候，她選擇了師範；在該去劍橋的時候，她選擇了索邦，放下已經學到傳神地步的英語，撿起了僅僅算是通順達意的法語。當所有的最好朝她迎面撲來的時候，她卻只能忍心放過，而抓住了次好。只因為她的家境，獎學金和研究基金就成了她這一路上跨不過去的溝壑。

血漸漸地落了回去，她冷靜了下來。她的確欠了她阿哥。而欠了她的，是命運，不是她阿哥。

「爸，不用了。我給他們每人，都準備了禮物。」她平靜地說。

十九張桌子是五進士人的算法，要是在城裡，興許就是二十一張，甚至是二十二張，因為大人的腿上，或者大人和大人之間的空隙裡，還存在著數日難以確定的孩子。他們是不固定的存在，像水，從這張桌子流到那張桌子，或者從桌子流到路上，再從路上流回到桌子。他們製造著一波又一波的聲浪，把暮色和夜色之間那段難得的清靜，撕扯成一堆爛棉絮。孩子什麼時候都是鬧的，只是今天的鬧與往常不同。今天他們鬧得放肆安心，因為他們知道大人顧不上他們，大人的眼睛都盯在別處。

艾瑪已經完全融入了水流。在最初的好奇觀察猶豫較勁過去之後，五進士的孩子們不再怕她，她也不再怕他們。小樹理直氣壯地充當了她的保鏢，不厭其煩義正詞嚴地呵斥著他的同伴：「她叫艾瑪，不叫黃毛。」可是沒有人理他。對孩子們來說，艾瑪和黃毛就是一回事，就像水不叫水也照樣流，山不叫山，依舊還是石頭。

後來，在回程的路上，阿意對加斯頓說：「那些多元文化、身分認同的話題，都是大人的扯淡。融匯哪是書本可以教的？你把一群孩子放到戶外，讓他們去搶一個球，搶一隻蜻蜓，誰還顧得上看你長什麼膚色，說的是哪國語言？」

加斯頓轉過臉來看著阿意，微微一笑——那是他對他的中國妻子表示讚賞時的標配表情。

「露意莎，這次回去，你可以寫一本社會學專著。」他說。

阿意從這副神情裡看到的卻是嘲諷。她哼了一聲，說：「這麼偉大的事，還是記載在你的回憶錄裡，等著流芳百世吧。」

那天的晚宴不到五點就開場了。這是阿意的提議。阿意說早點開吃，能一邊吃飯一邊看山水，等點煤氣燈的時候，就只能看見人了。

阿意這話是替加斯頓說的，也只有阿意會說這樣的話。五進士的人從來不談論山水，山水早已和日子裹纏在一起了，誰也不會把它挑出來單說，除非是外鄉人。加斯頓是外鄉人。阿意也是。

這十九張桌子裡，第一張桌子上坐的，都是村裡的頭面人物。村長，文書，會計。除了阿意，這一桌沒有女人。但最重要的人，還不是前面說到的那幾位，而是楊太公。楊太公不等人引領，就毫不謙讓地坐在了最中間的位置上。一個人活到了一百零七歲，掙下的，也就這麼點自在了。楊太公六十歲時，就讓子女備下了全套壽衣壽鞋，後來這套衣裝長了霉遭了蟲咬，又換過了幾套。再後來為他置裝的子女們全走在了他的前頭，連他的孫子輩中，也已經折損了一員。楊太公私下裡感歎：一輩子辛辛苦苦拉扯大了這麼多兒女，到了，恐怕還是沒人給自己送終。

楊太公信奉「七十不留宿，八十不留飯」的古訓，已經好些年不出來串門。楊廣全記得當年阿意考上大學，楊太公說過「文曲星動駕」的話，總覺得阿意後來的運勢，多少是得了楊太公的恩，所以一定要請楊太公出來吃酒。楊太公聽說是阿意回來，倒也肯破例，讓孫子喊人來家裡，給他理了髮刮了鬍子，換了身乾淨衣服來赴宴。

楊太公眼神和牙齒都還夠用，只是耳朵有些聾，楊廣全就讓他坐在阿意左側——他的右耳比左耳強。楊太公聽力差了，說話自然就聲如洪鐘。他指了指楊廣全，又指了指阿貴，問阿意：「五進士的媳婦，都是騙過來的。外國人結婚，也時興騙女人不？」

村長怕楊太公說背時話招人嫌，就一味往他碗裡夾菜想教他住口。阿意卻不在意，貼近楊太公的耳朵說：「在國外，人都不喜歡結婚，結婚責任太重。是我辛辛苦苦，才把他騙過來的。」

楊太公半晌沒吱聲。眾人都以為他沒聽清阿意的話，誰知他呵呵呵地咳嗽過了，吐出一口痰，大聲說：「他比你長得好看，說你騙了他，太公也信。俗話說男追女隔座山，女追男隔層紗。我娃腦子好，騙他也是件容易的事。」

眾人沒想到楊太公腦子還如此清醒，說話還有這等風趣，都哈哈大笑了起來。

加斯頓不知所以，強烈要求翻譯，阿意想了想，就說：「他們問你是怎麼把我騙到手的。我說你給我看了一個大錢包，又不讓我看錢包裡到底裝了什麼，我就上了你的當。」

加斯頓也笑了，讓阿意告訴桌上的人：「情況基本屬實。」

話題輪著轉，後來就轉到了支書手上。支書開過各樣的會，鎮上，縣裡，還有省城。支書吃過各樣的酒席，知道怎樣把場面上的話說得有趣。

「阿意，你上了大學，給村裡的孩子帶來多少禍害，你可知道？」

阿意吃了一驚：「我怎麼啦？」

「你拍拍屁股走了，倒是輕省，村裡的爹娘管教孩子，哪個都拿你做樣子，阿意這個阿意那個的，連搧耳光了都唸叨你的名字，你說村裡的孩子能不記恨你嗎？」支書說。

誇人誇到這個段位，也是空前絕後了，一桌的人又轟的笑了。

村長也不甘示弱，但村長插科打諢的本事比起支書還是差了幾個等級。村長到底比支書年長幾歲，說起話來就免不得中規中矩。

「阿意你是開路的人。你一考上大學，後邊就有人跟上來了，這幾年村裡也陸陸續續考上了幾個。」

眾人就站起來，紛紛給楊廣全敬酒，說可惜了現在不是清朝，皇帝不賜碑文了，要不然你們家就是不到樹碑的地步，起碼也該有一塊大匾。

楊廣全笑得一臉的皺紋飛成滾水裡的麵條，阿貴見他爸喝高了，便要替他喝這一杯。眾人哪裡肯讓？結果是父子倆同時乾了一杯。

加斯頓問阿意眾人敬的是什麼酒？加斯頓是個作學問的人，事事都要求甚解。阿意已經微醺，隨口就說：「他們說在我之後，一切皆成可能。我開創了，歷史。」

阿意發現，自從她回到五進士，她的法語和翻譯功夫直接長了十個等級。

正在上菜的阿珠聽見這話，忍不住抿著嘴偷笑。

阿珠端上來的這道菜，是今晚宴席裡的頭牌：紅燒驢肉和黃粿。加斯頓也學著村人的樣子，將黃粿掰下來蘸肉湯吃。吃了幾口，他突然覺出了一絲怪味，就忍不住問阿意這是什麼肉，顏色這麼紅？阿意說是野味。加斯頓問是什麼野味？阿意說好吃就行了，管它是什麼。加斯頓心生狐疑，放下了筷子，說你要是不告訴我到底是什麼，那我就不吃了。阿意搪塞不過去，只好說是驢肉。

加斯頓咚一聲扔下碗，跑到路邊蹲在地上，顧不得斯文，哇哇地吐了一地，直吐到只剩下一口膽汁。

眾人慌了，連聲問阿意到底出了什麼事？這肉可是煮得爛熟了的啊。阿意說加斯頓的爺爺在法國鄉下有個小農場，養過一頭驢，叫花生。一家人把花生當成孩子來疼，死了都葬在家族墓地裡，所以他吃不得驢肉。

阿意就問加斯頓要不要吃點消炎藥？他說不用，只想回屋洗一洗。阿珠就說阿意姊你招呼客人，我帶他回家，喝一碗鹽湯就好。

加斯頓跟著阿珠走了，阿意就責怪阿貴：「不是原先說好吃牛肉的嗎？不光是加斯頓，他們老外都只認牛肉和雞肉，連豬肉都很少吃，別的肉心理上很難接受。」

阿貴聽了，心裡不悅，卻礙著一桌子的人，只說了聲「不是想著驢肉比牛肉金貴嗎？」就不再吭聲，只悶頭喝酒。

阿貴桌面上忍下的話，是回家時才說的。他沒說給阿意聽，只藉著酒瘋說給了他的爹娘：「總不能老為她殺牛吧？這酒席花了多少錢，她心裡有數嗎？」

阿貴媽聽了這話，趕緊關上門，讓楊廣全把兒子架到床上躺下，自己去灶房沖了一碗醒酒湯，叫阿珠端過去給阿貴喝下了。

「沒有一個知道好歹。」阿貴媽對自己說。

這都是後來的話。

當時加斯頓在宴席上吐過之後，阿珠領著他進了自家的灶房，泡了一碗鹽開水，等著慢慢涼下來。

「其實還有雞肉，蔬菜，你都是可以吃的。」阿珠怯怯地說。

加斯頓怔了一怔，半晌才醒悟過來阿珠說的是法語——他這才想起阿珠來自杜拉斯*6筆下的印度支那。

「哪裡學的法語？」他問。

阿珠的臉騰的一下漲得通紅，一路紅到頸子。

「我上的中小學，都是從前法國傳教士辦的，教法語。」她囁嚅地說。

加斯頓發覺阿珠的法語雖然有語法錯誤，卻發音純正，很容易聽懂。就從手機裡調出越南地圖，讓阿珠指出家鄉所在地。阿珠把地圖放大了幾倍，指頭在圖上走了幾個來回，終於猶猶豫豫地停在了一個地方。

「想家嗎？」加斯頓問。

6 莒哈絲。

加斯頓問完了就知道這是一句蠢話，是明知，也是故問。
阿珠沒有立即回話。阿珠沉默了很久，才歎了一口氣。
「五年了。」她說。

宴會散去時，夜已深，眾人仍未盡興。各自走在回家的路上時就已經知道，這場盛宴，在很多很多年之後，還會是五進士人講給孩子和孩子的孩子們聽的一個精采故事。當然，到了那個時候，就會出來很多個版本。為這些版本之間的差異，會生出許多面紅耳赤的爭論，直到某一天，有一場超過十九張桌子的宴席，終於覆蓋了這場熱鬧。

阿意給艾瑪洗完澡，上了床，艾瑪看見床底下鋪著一些樹葉子，就奇怪，問露意莎這是什麼？

那是梧桐葉了。梧桐葉子的背面有細細一層絨毛和黏液，蟲子爬過就黏住了——這是五進士最原始的對付跳蚤的法子。現在跳蚤、臭蟲都已是罕見之物，可是阿貴媽還是不放心，去打了幾片葉子擺放著，以防萬一。

阿意當然不能告訴艾瑪實話。阿意說這是鄉下的習慣，在床底下放幾片有香氣的樹葉，能安神助眠。艾瑪拿過一張葉子聞了聞，說了一句沒什麼氣味啊，沒等回話，就已經沉沉入睡。這一天，她實在是玩累了。

加斯頓洗完澡進屋來，阿意看見他的頭髮都沒打濕。家裡的衛生間很小，刻薄點說，只能算是一個比較寬敞的籠子。沖澡的蓮蓬頭，對加斯頓那樣的身個來說，大概是在肩膀的位置。

兩人坐在床沿上，看著艾瑪沉睡的樣子。竹簾子有縫，月色從外頭爬進來，在艾瑪的臉上啃下一塊一塊的白印子。艾瑪的眉頭輕輕蹙了一蹙，突然蹬了一下腿，哼哼唧唧地說了一句什麼話，加斯頓只隱約聽清了一個字「……petards」（鞭炮）。

「她從來沒有，這麼興奮過。」加斯頓說。

「在別人的生活中偶然經過，總能發現興奮點。在自己的生活裡，人想的是怎麼逃離。」阿意說。

加斯頓聞到了妻子的呼吸中散發出來的複雜氣味，有桂花酒，有驢肉，還有一些他暫時無法命名的情緒。假如房間裡沒有那些入侵的月光，他應該還能看得見情緒的顏色。

「露意莎，你今天，喝了很多酒。」加斯頓說。

阿意靠到了加斯頓的肩上：「對不起，驢肉的事。他們是想用最好的東西，待你的。」

加斯頓把艾瑪往裡推了推，兩人在艾瑪的外側躺了下來。阿意發現母親至今沒用席夢思，一直還睡木板。母親嫌席夢思太軟，傷腰。母親怕女兒女婿不習慣，就在床板上鋪了一床褥子，可是阿意還是覺得硬。阿意一挪身子，就聽見了咯吱咯吱的響動——那是骨頭碾過木板的聲音，那聲音在暗夜裡聽起來曖昧，驚心。五進士沒有一張床能擺得下加斯頓的軀體，他只能側過身，蜷著腿，他彎曲的膝蓋把阿意擠到了床的邊緣。她只好也側過身去，把自己縮進他的腿彎。

終於都靜了下來。夜像一隻蘸滿了墨汁的大號狼毫，刷刷地抹去了白日的喧譁，只剩下了獨屬於夜的聲響。蟲子在居居居地叫著，阿意分不清有多少種，只覺得像是一個艦隊，或者一個軍團。她記得秋天是蟲子的天下，她已經想不起來春天的蟲子竟然也是這樣猖獗。不過，和青蛙相比，蟲子的叫聲至多只是沒完沒了的叨絮，而青蛙的聲音是憤怒的吶喊，不，更像是狂躁的鼓點。小時候她問過阿媽：青蛙的身子這麼小，怎麼叫得比人還響？為什麼青蛙永遠也不會叫膩味了？阿媽說那是青蛙在呼吸。世上有誰會膩味了呼吸？除非他要死了。阿媽隨口那麼一說，阿意卻信了很久。從那以後，她既膩煩青蛙叫，也害怕青蛙不叫，因為她不想青蛙死。

黑暗中有一隻手伸過來，探進了她的睡衣。那手很大，溫溫軟軟的，帶著一點潮氣，摩挲著她的胸脯，一路緩緩下行，滑過她的肚腹，進入她兩腿之間。她覺得身子一下子軟了，化成了一堆提不起來的豆腐。她忍不住呻吟了一聲，卻立刻咬住了嘴唇。

「今天，不行。」她推開了那隻手。不僅是因為那個睡在他們床上的孩子，還因為屋裡那無數條門縫窗縫和木板縫。每一條縫都長著耳朵，每一隻耳朵裡都生著鉤子，能鉤得住最細微的聲音。

「那，什麼時候？」加斯頓輕聲問。

阿意沒有回答。她知道這是加斯頓的試探——住在家裡是她的決定，加斯頓僅僅是同意而已。同意可以分成很多個程度，從熱烈的贊成到勉強的附和，中間還有一千種色差。

加斯頓很快睡著了，她卻一直醒著，兩眼圓睜地盯著天花板。假如這一刻有人走進房間，一定會看見黑暗中有兩簇電筒似的亮光。她總覺得酒在她身上走的是跟別人不同的路子，酒使她清醒，教每一樣感官都繃緊了，銳利如刀鋒。

眼睛習慣黑暗之後，她漸漸理出了屋裡各樣東西的輪廓。牆角那片長著尖角的黑影，是父親親手打製的衣櫥，從她出生起就立在那個位置。不，當她還是母親肚腹裡的一團肉時，它就已經佔據著這個空間了。它在那塊地盤上站得太久了，腳底下大概已經長出了根鬚。

阿意的目光沿著衣櫥往左走，走到房子中間的那面牆上。牆中間的地方，掛著一個木頭鏡框，裡頭鑲著一張放大了的全家福照片，已經褪色泛黃。她現在看不清照片的細節，她用不著看，她閉著眼睛都知道那些人的排列和表情。那張照片，是她拿到大學錄取通知書之後的一個星期天裡，阿媽帶著全家到鎮裡拍的。那時還沒有阿珠，沒有加斯頓，沒有小河和小樹。那時阿珠和加斯頓還行走在某條旁不相干的軌道上，等待著蒼天的一腳，把他們踢到與照片上那些人相遇的路途之中。照片中的阿意乾癟精瘦，與美麗相差甚遠，與好看也遙不可及，甚至與順眼都隔著一兩條街，但是那雙眼睛裡卻有著教人看了忍不住要打一個寒噤的鋒芒。那雙眼睛裡充滿著逃離和遠行的期盼。那時她就已經知道她會走很遠的路，只是還不知道路到底有多長，會拐多少道彎，會讓她摔倒幾次，受多少傷。

隔壁屋裡傳來一陣窸窸窣窣的響動，是有人在翻身。隔壁的床是席夢思床墊，隔壁的床墊不堪重荷時，不會發出木板那樣赤裸直白的抗議。席夢思把反抗磨去稜角和毛刺，只剩下委婉而意義含糊的呻吟。接著，阿意聽見了一串男人的聲音，是阿貴在說話。但阿意聽不清阿貴的話，阿意聽到的，只是音節和音節之間的那些顫動的喉音。再接著，阿意就聽到了女人的聲音，是阿珠。阿珠肯定沒在說話，阿珠的聲音本是連成一片的，只是被呼吸一刀一刀地斬斷，變成了有節奏的哼聲。阿意一時無法分辨那到底是忍不下的笑聲，還是沒壓住的哭泣。

阿珠是來自另外一個星系的星球，他們只看見了正對著他們的那一面，而無法探求發光面背後的那片陰影。阿貴只能藉著那一小片的光，來猜那一大片的暗。也許他會猜對，也許他會猜錯。或者，他壓根懶得去猜，就憑著那片光亮信了那片灰暗。也許，那片光亮就夠他們走一輩子的路了。其實，誰對誰不是一個陌生的星球呢？比如她對加斯頓，再比如阿爸對阿媽。也許，科學的原理只適合宇宙萬物，卻不適合人。在科學的世界裡，探索意味著突破。可是，突破是一個粉身碎骨的過程。也許，在人的世界裡不需要探索和突破，只需要固守。無知是危險的，但最危險的，也往往是最安全的。

後來她終於迷迷糊糊地睡著了。

也不知睡了多久，她從一個古怪的夢中驚醒，一身冷汗。手機在桌子上充電，她不知道這一刻是什麼時辰，只知道窗外田野裡的蟲子和青蛙都安靜了，上蒼收回了所有的夜音，只給她留下了鼾聲。她從來沒有聽見過這麼多鼾聲一股一股地交纏在一起，猶如家裡拴牲口的麻繩。此刻她的耳朵也像是阿媽鋪在床底下的那些梧桐葉子，長著細密的絨毛和黏液，過濾了聲音中的雜質，只留下了聲音最純粹的內核。她很驚訝自己居然能從一屋子此起彼伏的鼾聲中，準確無誤地分辨出每一個人的聲音。

父親的鼾聲是最響的，父親的氣管和懸雍垂已經稀鬆得像一塊洗過多水、早已失去經緯交織力度的破布片。父親的鼾聲爆發力十足，卻缺乏耐力，父親的鼾聲斷斷續續。和父親相比，母親的鼾聲在音量上是個幼童，但母親的鼾聲固執而均勻，是一篇沒有頭沒有尾也沒有句讀的長文。假如把母親的鼾聲繪製成一張音波表，每一個音波都是相鄰音波的完美複製。

阿貴的鼾聲在節奏上最容易辨識，幾步之間就帶有一個喘氣的間隔，彷彿是在給鼾聲打著拍子。阿珠年輕，阿珠的氣管和懸雍垂都像她的皮膚一樣平滑緊緻，阿珠在睡眠時發出的聲響，其實還不是鼾聲，而僅僅是勞累了一天之後的粗重呼吸。

這一屋的鼾聲中有一個奇怪的空白點——阿意突然覺察到了加斯頓的缺席。她轉過臉去，只見黑暗中有兩顆炯炯閃亮的玻璃珠子，這才明白加斯頓也醒著。

她捅了一下加斯頓，悄聲說：「起來，我們出去走走。」

「現在？」他驚訝地問。
「現在。」她說。
兩人躡手躡腳地套上衣服，穿上鞋子，溜出了院門。

刷啦一聲響，很輕，阿貴媽卻一下子就驚醒了。
她懷疑自己壓根就沒睡著。這一天裡她感受到的興奮，原是從前四十年裡積攢的，還需要後邊的四十年來消化。只是，她不知道自己是不是還有四十年。
那是院門的木栓抽動的聲響。她在楊家當了三十多年的家，她熟悉楊家院子裡的每一種聲音。她倒不怕有賊，五進士從來沒人丟過東西。門栓其實只是擺設，拴門也只是一種儀式，宣示了夜晚和白晝的徹底切割。如此而已。況且，有人抽門栓，只能說明是院內的人要出去，而不是院外的人想進來。
她起身，用腳趾頭在地上探了幾探，沒勾著鞋子，就光腳下地，打開窗戶，只見兩個朦朦朧朧的人影正從院了裡往外走，一高一矮，她猜出是阿意和加斯頓。這個時候出去，應該也是睡不著覺。這一夜有很多睡不著的人。

阿貴媽想追出去，猶豫了一下，又退了回來，坐到床沿上犯愣。楊廣全睡得很沉，鼾聲如雷。楊廣全的每個毛孔，都在往外咕嘟咕嘟地冒著酒氣。楊廣全昨晚沒少喝酒，不過他喝不喝酒都一樣沒心沒肺，天塌在腳前也照樣睡得安心。昨晚躺下時，她是有話想和他說的，他嘴上嗯嗯地答應著，喉嚨裡卻已經發出呼哨聲。

阿貴媽用肘子推了他一下，他哼哼唧唧地翻了個身，卻沒醒。她忍不住捏住了他的鼻子，他噗嗤一下張大了嘴，像扔在沙灘上掙著最後一口氣的魚。他噌地坐了起來，恍恍然不知身為何處。

「天，天亮了？」他揉著眼睛迷迷瞪瞪地問她。

她狠狠踹了他一腳，他疼得嗷地叫了一聲，這才徹底醒了。

「你這是，要謀害親夫嗎？」他捣住被她踢疼的小腿。

「那兩個，出去了。」阿貴媽小聲說。

「哪兩個？」他一頭霧水地問。

「還能哪兩個？大個頭和阿意。」她說。

她背地裡從不叫他加斯頓，她覺得這個名字聽著像某種洗潔精，或是止疼藥的品牌，叫起來也是拗口。不當著他的面時，她只叫他大個頭。

「出去就出去吧，這麼大的人了，又不是孩子。五進士就這一條路，還能把人走丟？」楊廣全說。

「是床太硬了。我就沒想到，把阿貴屋裡的席夢思換過去。」阿貴媽說。

「就這點事，非得把我喊醒？」楊廣全嘀咕著，正要躺回去，阿貴媽又推了他一下。

「昨天劉四強的媽悄悄跟我說，村裡要給咱家發錢，每戶出兩百，自願的，村委會按兩萬塊錢的目標收，多退少補。」

劉四強的媽是村支書的老婆，昨天吃酒的時候，就坐在阿貴媽旁邊。

「啥理由？」楊廣全問。

「說咱家阿意是村裡有史以來唯一的博士，是國際上的科學家。這頓飯不該我們請，該是村裡請。」

楊廣全靠在牆上，從枕頭底下摸出一根菸，慢慢地抽了起來，菸頭在黑暗中一明一滅。

「你跟四強媽，是怎麼說的？」他問。

「我哼哈了兩聲，沒說話。我覺得，這錢不能收。」她說。

「為啥？」

「這錢要是公家出的，我就照單全收。要是村裡人湊的，我們就一分不能拿，吃了人嘴軟。阿珠現在是臨時簽證，算不算在咱家戶口上，就聽村委會一句話。先讓人欠著我們，分配宅基地的時候，我們好仗著阿意的名聲，厚著臉皮說幾句話，也能有人幫個腔。」

楊廣全緩緩地呼出了一口煙，半晌才說：「你知道，劉四強的爸昨晚坐在我邊上，說了什麼話嗎？」

阿貴媽搖了搖頭。

「他說鎮裡的公路是修好了，那是政府出的錢。可是進村的那一段，上面的意思是民間自籌。他說五進士只有你們一家吃外匯，一個歐元換七個人民幣，一萬歐元，就是七萬人民幣。你們家要是修了這條路，就叫天意路，那是光宗耀祖功德無量的事。」

阿貴媽倒抽了一口涼氣，說了一聲「難怪」。

她現在是後悔莫及。

「都怨我，不該擺這個酒。要像前次那樣，悄悄來，悄悄走，就沒這事了。」

楊廣全終於把一根菸抽完了，把菸頭扔在床下的痰盂裡，這才說：「不能怨你，你也是給孩子，掙了個大面子。誰想到會攤上這事？我們只能先裝糊塗，等阿意走了再說。」

「只是這事，千萬別讓阿意知道，省得她跟村裡，生分了。」阿貴媽囑咐丈夫。

兩人便都又躺下了，看著那竹窗簾的顏色，漸漸從深黑變成了灰褐，撲在窗簾上的那些個樹影，也已經暗淡模糊了。院子裡的雞籠裡，傳出一些窸窸窣窣的聲響，那是雞在躁動不安地翻著身。雞比人知道時辰。

「怕就怕，現在是名聲在外了。」楊廣全輕聲說。「阿意的手頭，哪有什麼錢？我看她穿的運動鞋，還是兩年前的那一雙，鞋尖都踢破了皮。大個頭掙的錢，管家，管他女兒，阿意是自己管自己。」

楊廣全說的，阿貴媽早就看在了眼裡。她的眼睛，遠比他的尖利。但是她不肯說破。阿意是撐在她心裡的那個大氣泡，有了這個氣泡，她才能每天仰著頭做人，走路兩腳生風。所以，她容不得任何人在那個氣泡上扎針。

「阿意說了，他們這個項目，很快就要出成果，是治療老年癡呆症的重大突破。阿意說她是這個項目組的主要成員，要是出了成果，她今年就會升職，薪水起碼漲一倍，還有自己的科研經費。到時候，還不知道誰養誰呢。」阿貴媽說。

阿貴媽這話，不完全是給自己鼓勁的，她只是相信阿意。阿意走路，就是這麼一步一步的，從小學開始。阿意從來不是個輕狂的人，阿意的嘴上有兩扇大門，該開的時候倒不一定開，不該開的時候，卻一定是緊閉的。阿意既然肯把這話講給她聽，說明這事起碼已有了八九成把握。

阿貴媽擔心的，其實還不是這件事。

「他爸，你沒覺得阿意的臉色不怎麼好？」

楊廣全搖了搖頭：「沒覺得，我看著挺好，比從前胖了些，也皮實[7]了。」男人是永遠不會懂女人的事的。男人和女人就是一條河裡的兩艘船，各行各的路，除非有大風大浪，要不然它們一輩子也很難相靠相撞。阿貴媽心想。

「我覺得，那個誰，個頭實在太大了，不知道阿意，吃不吃得消……」阿貴媽猶猶豫豫地說。

楊廣全在黑暗中呵呵地笑了。

「瞎操心。你沒看出來？阿意像你，哪能輕易讓人欺負？」

兩人便不再作聲，都知道，這一夜，怕是再也睡不著了。

即使是有月色的夜晚，路也沒有向他們全然顯現，他們是從低窪之處水田的反光裡，猜測出路的邊界的。山是一團一團巨大的黑影，廊橋也是。夜裡的廊橋

7 強健。

失去了白日的細節，只剩下橋身和橋拱的形狀和線條，卻帶著一股白日沒有的滄桑和威嚴，教人不敢大聲說話，彷彿開口就是冒犯。

五進士的夜，即使在盛夏也有涼意，更何況這才四月。寒意帶著利齒咬過阿意的外套，她忍不住打了個寒噤，用雙手摟住了自己的肩膀。肌膚和骨頭同時喊了一聲疼——那是母親的木板床留下的傷痕。寒冷讓疼痛變得銳利，她覺出了鞋底下粗糲的石子。從前，她是光腳走過這條路的，她不知道現在的石子還是不是當年的石子，但地上一定還留著她當年的腳印。

她帶著加斯頓，走到了廊橋跟前，在石階上坐了下來。橋下的河發出響亮的水流聲，水底下埋著高矮不一的石頭。水在白天看起來是平緩寧靜的，只有夜晚才顯露了白天掩蓋著的巨大落差。

阿意把腿伸展開來，打了一個長長的哈欠。突然，她的左腳踢著了一樣東西。那樣東西叮啷地滾了幾下，停住了。阿意順著聲音摸過去，抓起來，是一枚錢幣。

她把那枚錢幣捏在手心，撫摩了幾遍，她的觸覺向她報告了她的視覺還不能完全破譯的信息：那不是現在的零錢，因為它比零錢厚，印花紋路裡有一種陌生的凹凸，她甚至覺出了金屬面上斑駁的鏽跡。

「是古錢，一定是當年建橋的時候埋下來，壓路辟邪的。」阿意驚喜地說。

「橋是道光年間建的，道光皇帝一八五〇年去世，這枚錢幣，至少有一百六十七年歷史。」加斯頓的腦子是一臺存貯和移動空間都很充足的電腦，他能在那樣巨大的庫房裡隨時調動所需要的庫存。

「村裡人都說，找到壓路的古錢，是好運氣。」阿意說。

兩人靜靜地看著月亮和星子一點一點地下沉。「它們行走的時候有腳嗎？為什麼聽不到腳步聲？」小時候，她曾這樣問過母親。小時候的她該有多招人煩呢？她用一個接一個的問題，不停地打磨著母親已經被家常瑣事損耗得稀薄了的神經。母親大多是顧不上她的，可是母親一旦回話，那必然是石破天驚。「太陽月亮星子走路的時候都是有響動的，只是人聽不見，因為人的心不清靜。」母親說。「那怎麼樣才能清靜呢？」她問。母親沉默了很久，才說：「死了，到死了才能真正心靜。」

風起來了，樹葉子刷刷地顫抖著，空氣中飄過一層細細的濕意。加斯頓脫下外套，蓋在阿意身上。

「想什麼呢，親愛的？」他問她。

她在想著多年前她學過的一段古文。那時候，她的記憶像海綿，張著一個一個粗大的毛孔，貪得無厭地吸吮著所有經過的水分，包括毒素。

富貴不歸故鄉，如錦衣夜行。

這句話在她的腦子走過，不是那種怯怯的低眉斂目的左顧右盼的走法，而是張揚的熱烈的一往無前的奔跑，像從未經歷過韁繩的野馬。她肯定不算富，但她算貴嗎？古人在發明這些詞彙的時候，可曾考慮過可以衡量的客觀標準？什麼樣的名聲才算得上是貴？究竟以什麼地界為鑒定範圍？是村？是鄉？是省？還是國？

「娃啊，你是五進士這一百年裡的頭一個。」

這是晚上吃酒的時候，楊太公對她說的話。楊太公為她提供了標準，楊太公的標準是時間。一百年使得所有其他衡量座標都變得無足輕重，一百年生出的一粒塵埃都是歷史。她書寫了五進士的歷史。她就是歷史。

我沒有，錦衣夜行。

她很想把這句話喊出來，用把聲帶撕出血的那種喊法，讓夜把這句話扯得粉碎，扔給山，扔給水，扔給風，再化作回聲，十倍百倍響亮地扔回給五進士村。螞蟻也有虛榮心。何況，她不是螞蟻。

但是，她不能。人一生，總有幾句話，是無人可說，無人能懂的，必須永遠爛在肚子裡，化成泥化成蛆。

「我剛才，做了一個很奇怪的夢。我夢見我的腳變成了樹根，是那種長滿了肉瘤的根，棕褐色的，一路蔓延上來，像石化的過程。我害怕，怕我很快就會，變成一棵樹。」阿意打了一個哆嗦。「到現在，我也說不清楚，它到底是不是夢。」

加斯頓倒吸了一口氣，說：「露意莎，我不能解釋這個現象，我只能告訴你，我剛才也做了一個夢，我在夢裡看見了你告訴我的那個夢。我看見你的身體，慢慢變綠，變成樹木。」

兩人悚然大驚，一時竟說不出話來。

半晌，加斯頓才說：「露意莎，你對家鄉的感覺，是不是，有些糾結？」

阿意沒吱聲，只是伸過手臂，探進加斯頓的衣服，摟住了他的腰。她摸著了加斯頓腰上一排鼓起的小包，密密麻麻的，像下雨之前聚集的螞蟻。她起了一身雞皮疙瘩。

「應該不是，跳蚤？」她問。

「應該，不是。」他說。「露意莎，這不過是你的家鄉，迫切地要留給我的印記。」

阿意輕輕地笑了。

她突然想起了一句不知從哪裡聽來的話：「一個沒有離開過家的人，是沒有故土的。」她離開了家，所以有了故土。但是，故土在她不在的時候，悄悄地蛻過了皮。蛻過了皮的故土，已經沒有了先前的紋理和質地，剩下的只是輪廓。她只能站得遠遠的，才認得出它的樣子。

「明天晚上我們搬去賓館住，好嗎？我至少，可以好好洗一個澡。」加斯頓小心翼翼地問。「白天，我們依舊可以回到村裡。」

阿意點了點頭。她知道加斯頓這句話，已經在心裡憋了一天。

故土，是讓人遠遠地看著的。阿意心想。

月亮和星子越發低沉下來，大離黎明近了，卻不知為何，四周似乎變得更黑。阿意摸索著，從加斯頓的背上繞過去，攬住了他的臂膀。

「有件事，想和你商量一下。我想今年就申請我父母，到巴黎探親。」阿意猶猶豫豫地說。

加斯頓沒有立刻回話。

「我知道，原先我們說的是明年。這筆錢，假如運氣好，今年年底我就能還你。我們實驗室……」

加斯頓捏了捏阿意的手，打斷了她的話。這就是他委婉的拒絕。她和他相識已經四年了，她熟悉他的表達習慣，無論是說話，還是沉默。

「我不能同意。」加斯頓終於說話，溫和而堅決，不留一絲討價還價的空隙。

「因為我已經答應了阿珠，我出資，讓她和你哥哥回一趟越南探親。」他說。

阿意和加斯頓回屋，又睡了一個沉沉的回籠覺，醒來時，太陽已經昇到了樹分叉的地方，窗外人聲喧譁。兩人一摸床上，艾瑪不見了。就慌忙起床開門，一看，院子裡已經聚集了一堆孩子，他們在玩老鷂捉小雞。

老鷂是隔壁茂盛家的大孫子，一個七歲的男孩，母雞是阿珠。小雞很多，從大到小排了長長的一隊，後一個抓著前一個的後襟，艾瑪和小樹排在隊尾。

老鷂很靈活，一會兒竄到左，一會兒竄到右，腳下像安了風火輪。母雞也很靈活，不僅懂得及時躲，而且還知道提前量，老鷂一時半刻不能得手。母雞豈止是靈活，母雞幾乎是刁蠻，兩隻胳膊撐得直直的，十個指頭張開來，像十根小鐵棍，頭髮被汗水濕濕地黏在面頰上，嘴裡發出咿咿啊啊的尖叫。這一刻的阿珠不是母雞，這一刻的阿珠更像是每個毛孔都冒著熱氣的母獅子。

阿貴抱著小河在旁邊看熱鬧。他從未見過阿珠今天這副樣子，不禁看呆了。孩子，她還是個孩子。他想。

阿貴媽坐在矮凳上，搓洗著泡在木盆裡的髒衣服。一邊洗，一邊嘀咕：「也不管管你媳婦。這衣服泡了兩天了，都長綠毛了，她從邊上走來走去，一天走一百趟，就是看不見。」

阿貴抓起小河的手，一下一下地塞進自己嘴裡，假裝要咬，小河笑得只打哆嗦。

「難得看她這樣瘋，也是憋的，讓她耍一耍吧。」阿貴說。

阿貴媽哼了一聲：「怎麼就沒人叫我也耍一耍呢？我是你們一家子的洗衣機啊？」

阿貴就嘿嘿地笑，說：「媽，五一長假，我早點買票，咱們全家去縉雲看外婆。」

阿貴媽抬頭斜了一眼阿珠，對兒子說：「手機總是要給人一個的，為省那幾個錢，憋出事來，誰給你擦屁股？」

「還給她了，就是不能給她電話卡，給了她就管不住。就讓她用微信視頻。」阿貴說。

小雞的隊伍太長，母雞躲閃了幾個來回，隊形就甩亂了，老鴰終於抓住了掉隊的小樹。小樹想蹲下來捣住耳朵，可是已經晚了，老鴰已把小樹攔腰抱住。小樹掙來掙去，雙腳在地上踢出一個泥坑。母雞扔下隊伍，蹲在地上，笑得前仰後合，小雞潰不成軍。

突然，小樹停止了掙扎，伸出一個指頭指著房頂，大聲叫著：「奶奶，奶奶！」

阿貴媽抬頭，就看見屋簷下歇著兩隻燕子。一隻已經鑽進了舊年的窩巢，只露出一個尖尖的小腦殼，另一隻在梁上跳來跳去，警惕地巡視著周遭的環境。

「還知道回來。」阿貴媽擦著臉上的肥皂沫子，忿忿地說。

第一稿　二〇一九年六月三日至七月十四日於多倫多

第二稿　二〇一九年七月二十一日至七月二十三日於多倫多

拯救髮妻

「寶馬X5，黑色，四輪驅動，一二五〇公里。」

曙藍是在二手貨網站的二手車欄目裡看到那則廣告的。

「Mint condition。」

這兩個英文詞單拆開來她都認識，擺在一起時卻感覺臉生。她打開手機上的翻譯軟件，查出來那個詞組是「出廠狀態」，或者說「幾乎全新」的意思。這裡的mint，與薄荷無關，是她在望文生義。

「缺乏邏輯。」

假如此刻元林在她身邊，一定會用這句話來嘲諷她的弱智，她甚至能想像他說這句話時的神情。雙眉上挑，右邊的那條比左邊稍稍高一些，嘴角上擠出一根朝下拐的淺紋。元林即使不認識這個詞組，也一定會根據上下文猜出它的意思——一二五〇的公里數本身就是明確的提示，他不會像她那樣去做一些事後悔悟的無謂勞動。元林是做風投的。元林學了商科，倒不像大部分人那樣是因為追風，高收入對他來說並不是唯一的誘惑，他做哪一行大概都能掙錢。他選了這一行，僅僅是因為他喜歡追蹤數字在變成報表和新聞之前那些變幻莫測的潛流。元林有著堅定而執拗的價值判斷體系，他使用的標準其實很簡單，除卻那些五花八門的外包裝——女孩子們對這樣的包裝幾乎沒有免疫力，內核其實只是「邏輯」二字。

邏輯也是天分。知識能學，技能可教，唯獨邏輯是老天爺給的，有就有了，沒有的，就永遠也不可能有。

這是元林的觀點。

元林的邏輯帶著他走了很遠的路，從甘肅一個小山村走進了帝都一家上市金融公司。但元林的邏輯也不總是所向披靡的，至少在一件至關緊要的事上，讓他栽了一個跟斗：他娶了一個邏輯缺失的女人，並和她一起造就了一個興許和母親一樣邏輯缺失的女兒。小書雖然才八歲，用元林的標準來衡量，卻已經顯示出母系基因的苗頭。比方說當元林在飯桌上問小書今天在學校裡學了什麼的時候，小書可以不厭其煩地描述從教室窗口看到的雲彩形狀、任課女老師頭髮和裙子的顏色和樣式，卻無法簡捷完整地複述概括課堂的內容。小書學習英文單詞時，會一個一個地死記硬背，卻不懂得舉一反三地找到發音規律。有一次，元林和小書一起看「探索」頻道一個關於人類交通發展演變的節目，元林順嘴問小書現在世界上最快的交通工具是什麼？小書儘管看得津津有味，她的回答卻和節目內容風馬牛不相及。小書沒說飛機，也沒說火車，更沒說火箭，而是說「思念」。

元林愛小書，能把小書愛得透不過氣來，愛成扁扁的一張紙。但元林談起小書的將來，眼神裡卻充滿了憂慮。曙藍總覺得元林對小書的愛是那種對一個晚期癌症病人的愛法，不帶長遠指望，只求眼前平安。曙藍為自己不成章法的基因心懷愧疚。曙藍曾經問過元林，為什麼他找的是她，而不是一個和他自己更為接近的、具有強大邏輯思維和行動能力的女人？元林想了半天，才說人總是在尋找自己缺失的東西。

她並不總是相信元林說的每一句話，但這句話，她打心眼裡信了。她的判斷並不基於邏輯，而是基於直覺。直覺到底屬於知識技能還是天分？直覺和邏輯一樣，也來自娘胎嗎？她曾經想問元林，可是她錯過了時機。世上萬事萬物都有時機，大至天地變遷、政權易幟、世界大戰與和平，小至人和人的相遇相愛、生兒育女、甚至一次談天。她錯過了問這句話的時機，後來，就再也沒有環境和心情。

假如不是上面標的那個價格，她大概都不會在那則廣告上多留一眼的。沒錯，她的確急切地需要一輛二手車，但不是那樣的車。開那種車的，應該是另外一群人，一群穿巴寶莉風衣，拎香奈兒包包，戴卡地亞鑽戒和手鍊，臉頰上鼓著被肉毒針催生出來的蘋果肌的人。她坐在那樣的車裡，她和車都會感覺尷尬。但是，那則廣告上的價格卻生出一個尖尖的角，一下子鉤住了她的眼睛。

五百加元。

她反反覆覆數過了幾次。沒錯，是三位數。不是五千，也不是五萬，而是五百。

這是用白菜的價格，叫賣一件大明官窯。她無意收藏大明官窯，可是當白菜和名瓷同時變得唾手可得的時候，她沒有理由拿過白菜而拒絕名瓷。當時她還沒來得及想到別的。白菜的容器可以僅僅是一個塑料袋，一臺冰箱，而用來擺置名瓷的配套設施，卻有可能是一個陳設櫃，一套射燈，一組新家具，甚至一個新家。這些都是後來才產生的複雜念頭，而在當時，攪動她腦汁的，僅僅只是一股好奇。

她仔細地查過了廣告上傳的時間，是八天以前的晚上七點四十九分。上傳後更新過兩次，最近一次是在三十二分鐘之前。也就是說，這輛以白菜價標售的名車，至今還沒有出手——至少在半個小時之前還沒有。

曙藍拿起了電話。假如元林在場，他一定會說「It's too good to be true」（聽起來太好的東西必有陷阱）。她知道元林的話從來不是虛浮的，元林的每一句話上都壓著一塊邏輯磐石。可是現在元林不在，她可以任性一回。她為比這大得多的事都冒過險了，比如才認識一週就嫁給了元林，再比如辭了中學的教職帶小書出國讀書……假若為這輛車去冒一次險，她至多只是丟失了五百加元——那是在她丟得起的範圍之中。

她撥了那個電話號碼，幾乎還沒聽見鈴響，那頭就有人接了起來，速度快得讓曙藍一怔，不禁覺得那人已經在電話邊上一動不動地守候了一個早晨。那是個女聲，聽不出年齡，音質裡帶著一絲磁性，詞和詞碰撞的時候，生出一些極為細微的嘶嘶聲，像老式收音機頻道沒調準時出現的交流聲。只是每一個詞組都是禿尾的，所有語氣拖腔都被一把看不見的刀決絕地斬斷。

「哈囉。電話銷貨？請立刻掛斷。我和你都不要浪費彼此的時間。」

「我不是，我是……我只想問，那輛車子，寶馬，還在嗎？」曙藍結結巴巴地問。

「在。」女人繃得很緊的口氣，略略地鬆了一鬆。

曙藍哦了一聲，對方立刻接過了話頭。

「你是想問這麼划算的一件事，怎麼到現在還沒成交，對嗎？」

曙藍在腦子裡飛快地組織著句子。白菜價……名瓷……邏輯……直覺……詞語潮水一樣地湧了上來，排著隊堵在喉嚨口，但都不是英文。曙藍在淺淺的英文詞庫裡走了幾個來回，最後只抓住了那個擺放在最門口、使起來最順手的單詞。

「Yes。」她說。

女人哼了一聲。隔著電話，曙藍聽不出這究竟是洞察一切的冷笑，還是明知故問的嘲諷。

「那是因為我一直沒找到合適的人。還沒有人通過我的面試，到目前為止。」女人說。

「面試？」曙藍吃了一驚。

「是的。面試。至少一次，也許不只。」

曙藍沉默了。也許在這趟交易中丟失的，不僅僅是五百加元。

「你在想這到底是不是一個騙局？這也難怪，畢竟在這個世界上，每天都在發生著一些不盡人意的事情。」

女人總是能立刻猜出曙藍沒有說出的話，把曙藍逼入一個只能用yes或者no

來回應的死角。

「你應該知道，了解一點新車主的背景，應該不算是一個特別過分的要求，尤其是這樣的一輛車，這樣的一個價位。」女人終於放慢了語速。

這個電話號碼，在過去的八天裡，究竟被多少人撥打過？這個女人到底對多少人，說過同樣的話？曙藍問自己。

女人開始放鬆，而曙藍的神經卻開始繃緊。可是沒用。直覺是一張千瘡百孔的紙，直覺靠不住。真正能夠守護她的，只能是邏輯，邏輯才是銅牆鐵壁。可是元林不在，失卻了邏輯的把守，她的防衛系統早已潰不成軍。

「什麼時間我可以過來？」她聽見自己急切地問那個女人。

曙藍躺在草地上看天。她一生中從沒看見過這樣的天。

她三十九歲。她不知道用「一生」來形容三十九歲是否合宜。假如三十九歲是一生，那六十歲又是什麼？又二分之一生？若活到九十歲，那是否就該算是

「三生三世」？

從什麼時候開始，她學會了用數字來量化情緒？元林的影響無處不在。她是中文系畢業的，她對天空並不無知，她在小說散文詩歌中與各種各樣的天空相遇過。喜馬拉雅的天空，南疆的天空，阿爾卑斯的天空，撒哈拉的天空……那些天空都讓她感動，但卻不切膚，因為她沒去過那些地方。二手的感動像水，從源頭流到她這裡，勢頭已經衰減了許多。

但這片天空不同，這是她親眼所見的天空。她是她自己的源頭。天很緊，是十八歲的那種緊，而不是精華素玻尿酸肉毒針的緊。這樣緊緻的天空必然是藍色的，就如十八歲的肌膚必然帶著紅暈一樣。但這藍卻不是她所見過的任何一種藍。這藍是創世之初混沌乍開的藍，這藍還沒有被語言和呼吸碰觸過。陽光經過這樣的藍時毫無阻隔，陽光也染上了藍。

這是雲來之前的情景。可雲把一切都改變了。雲很寬，比天還寬出許多，天不夠讓雲整個鋪開身子，雲只好在天邊的地方捲起厚厚的一條邊。雲雖然寬，卻不結實，中間綻裂著許多個破洞，陽光從破洞中漏進來，雲的顏色就亮了，跟雨徹底撇清了關係。

這一刻沒有風，湖邊的葦葉和坡上的樹木都沒有動靜，沒有人知道推著雲走的是什麼動力。其實雲不是在走，也不是在跑，雲是在飛。飛著的雲把太陽魯莽地推來搡去，一整片山坡被光影切割成無數塊邊界瞬息萬變的小疆土。曙藍現在終於明白了為什麼作家會用「風雲變幻」來形容時代巨變。

元林現在應該是看不見這樣的雲和這樣的天的。即使是從前，元林在帝都金融中心那座四十一層的辦公大樓上班時，他也沒有太留意過窗外的景致。有一回他把手機落在了家裡，她正好沒課，就給他送了過來——那是她第一次也是唯一一次見到他的工作環境。他的辦公室在東南角上，三面都是落地窗。她站在窗前，感覺陽光掀開了她毛孔上的每一個蓋子，她一伸手，就可以抓到一角雲彩。「你每天，我說是每天，都能見到這樣的天空嗎？」她激動得語無倫次。他朝外看了一眼，彷彿吃了一驚。「哦，還真是的。」他說。

小書站在草地上，拱著腰，吹一朵結了白絨的蒲公英。她把一肚子的氣都憋在了兩個腮幫裡，臉鼓得很圓很紅，一路紅到頸脖。可是她到底還是沒能把那口氣憋到最後，她忍不住笑了，那口氣就散成了一串唾沫。洩了氣的小書蹲在地上，咯咯地笑了起來。

小書真是個愛笑的孩子，曙藍總覺得小書的身體裡，控制笑的那根神經出了毛病，少了一個閥門，或是缺了一條彈簧，最輕微的刺激就能引發失控。一絲掠過眼皮的風，一片飄過頭髮的柳絮，一滴從屋簷上落下的水珠子，一隻叫聲有些怪異的雀子，甚至洗手間裡一股沒能及時消散的氣味，都能引得她咯咯咯咯地笑個不停。小書笑起來一聲又一聲，聲聲相連，像一個舉得很高裝得很滿的水杯在往一個空盆子裡倒水，怎麼倒盆子也不會滿，杯子也不會空。小書的笑是一根小小的柔軟的手指頭，能解開任何一個心結，扯鬆任何一團糾纏的眉心，教天下的城牆都轟然倒塌，家中所有的鎖匙失靈。

擁有這樣笑聲的孩子，即使沒有邏輯，那又怎樣呢？曙藍忍不住微微一笑。

小書又找到了一朵蒲公英，舉著一朵白絨在草地上奔跑。小書跑起來的樣子真美啊，頸子長長的，腰背之間是一條結實平滑的弧線。八歲是個完美的年紀，八歲剛剛碰觸到了世界的表，八歲還不認識世界的裡。八歲的女孩還不知道自己是女孩，八歲的女孩還不知道世上有男孩。八歲的女孩還不知道從錢包到飯碗是一條千山萬水的窄路，八歲的女孩還不懂得世上有難處，八歲的女孩可以心無旁騖地為一朵蒲公英快活得死去活來。

小書你不要長大，一根頭髮絲都不要長。曙藍喃喃地對自己說。

雲開始散開，起了點細微的風。小書吹出去的白絨絨在微風裡懶怠地飄著，飄了一小會兒才慢慢地落到草上。大部分的白絨會躺在草面上，成為飛鳥腹中的食物，或者等待著被另外一陣風颼到另外一個不可知的去處。只有少數的幾絲，會在草株之間的狹小縫隙中鑽進來，落入泥裡，等到明年再長出一株綠葉，開出另外一朵黃花，結成另外一頭白絨。

小書跑累了，回到曙藍身邊要水喝，滿頭滿臉冒著蒸騰的熱氣。

「媽媽，劉易斯太太說蒲公英是野草，要拔掉。這麼好看的東西為什麼要拔掉？」小書問。

劉易斯太太是他們的房東。

「一個人眼裡看起來是好花，另外一個人眼裡看起來是雜草。」曙藍說。

「所以，你一直不拔。」小書說。

她們住在一個租來的小平房裡，門前有一塊小小的草地。曙藍割草，但從沒拔過野草，所以她們的草地只在剛剛割過的那一兩天裡，看起來還算平頭齊臉。再過幾天，便是一副高高低低坑坑窪窪的亂象，因為野草長得遠比草快。

「所有的草都是草，所有的花都是花，它們彼此平等。」曙藍說。

小書想了一想，突然說：「爸爸會說你文科思維。」

說完了，小書咯咯大笑了起來，笑得渾身亂顫，彷彿「文科思維」是一聲在大庭廣眾面前放的響屁，不合時宜卻又極其歡樂。

曙藍也忍不住跟著笑了，為這句話，也為小書笑起來的樣子。小書的笑是街面上的流感，見到誰傳給誰，擋也擋不住。這樣的笑，被風傳到另一個地方，是不是也像蒲公英的白絨絨那樣，會長出許許多多同樣的笑來？

小書終於笑累了，安靜下來。曙藍看見小書的眼睛裡，有一個問題正在結籽。她眼睜睜地看著這個問題行走在從眼睛到舌頭的路上，她既無法阻攔，也無法閃避，她只能聽憑它噹的一聲撞到她的耳膜上。

「爸爸什麼時候過來看我們？」小書問。

這個問題，小書時不時地會問。問過了，得到了答覆，隔幾天還會再問。八歲的記憶還沒長結實，八歲的孩子依舊健忘。

「快了。」曙藍說。

曙藍說這句話的時候，下一句話也已準備穩妥，等候在她的喉嚨口了——那是一個關於具體時間的答覆。可是她沒用上這句話，因為小書沒再追問，小書的興趣，已經轉移到別的話題上。

慢慢的就好了。曙藍對自己說。時間和記性是天敵，它們永遠在交戰。記憶永遠會敗在時間手下，沒有人可以打贏時間。小書還會問同樣的問題，只是頻率會漸漸發生變化。從兩三天一次，到一週一次，再到一個月一次。再接下來，就會變成半年，一年，幾年。再接下來，就會永遠不再問。

「媽媽，今天我們去科學館嗎？」小書問。

小書的學校暑期組織學生參觀科學館，曙藍已經替小書報了名，但又臨時改變了主意。

「今天我們不去科學館。你跟媽媽，去爭取一輛車。你的英文比媽媽好，我們需要車。」

小書的眼睛忽閃了幾下，神情突然嚴肅起來。

「媽媽，我要怎麼樣，爭取呢？」小書問。

曙藍想了想，才說：「孩子，你就做你平常的樣子。」

曙藍帶著小書，去找電話上給的那個地址。

找到那條街很容易，找到那座房子卻費了一番周折。

房子離街面很遠——大凡有些氣派的房子都這樣，房前留出了大片的空地，與街市若即若離。走近那座房子的時候，天上突然起了一場霧。那一場霧來得毫無預兆，一下子就把路給堵了。霧一忽兒濃，一忽兒淡，房子時隱時現。曙藍覺得那霧不像是霧，倒像是從飛機上往下看到的雲朵，她被纏在雲裡，突然就迷糊了方向。她走了很長的一段路，似乎在轉著圈，有一陣子她甚至看不見小書。她驚惶地喊叫起來，聽見了小書的回答，才略略鬆了一口氣。她伸出手來四下摸索著，終於摸著了小書的手。一把抓住小書的指尖，再往前走，霧氣就散了，仰頭一看，太陽正高，萬物清朗明豔。

「小書，媽媽真害怕，哪天把你丟了。」曙藍喘著氣說。

「沒關係的，你就是把我丟了，我也能找到你。」小書說。

房子幾乎就是曙藍想像中的樣子。兩根很有氣勢的石柱，擎起一座同樣很有氣勢的兩層樓房。入口是一個大圓拱，門廊上雕著花卉紋章，屋頂豎著幾個彼此呼應的尖角。二樓有一個橫跨幾間臥室的大陽臺，落地窗半開著，隱隱露出天花板上的水晶燈飾。車道是環形的，可以同時對開兩輛車，中間圍繞著一個修剪得無懈可擊的草坪和花圃，那上面沒有蒲公英。草地上散落著星星點點的白色花瓣——是日本繡球的落英。

女人沒有撒謊。那輛車就停在房門前的車道上，完全符合廣告裡的描述。曙藍感覺眼睛被割了一下——那是陽光在車頂上的反射。小時候媽媽告訴她夏天不能穿黑色衣服，因為黑色最容易吸收光和熱。可是在這輛車身上，她看到的卻是黑色和陽光的激烈抗爭。

這樣的車就該停在這樣的車道上，就如同這樣的房子就應該坐落在這樣的街區裡。它們是彼此的背景和襯托，就像星星和夜空，帆船和海洋，鮮花和枝葉一樣。同樣的物件，位置相宜的時候，就是風景。而一旦錯位，把星星種在泥土裡，花朵移植在馬桶中，帆船擱置於沙漠裡，風景就立刻變成了眼瘡。她不能想像這樣一輛寶馬車停放在她住處便道上的情景。這種車應該去的地方是私人會所、特色餐館、歌劇院、賭場、美容院，而不是充滿油煙和咖哩氣味的新移民聚居地、英文補習班、職業培訓中心、廉價超市、折扣商場、普通公立小學的停車場。

她走上臺階，把手指放到了門鈴上。就在那個剎那，她突然覺出了手指的重量。

保險。汽油。維修。她很詫異，在看見這輛車之前，自己居然一點也沒想到這些費用。好奇心是漲潮時的海水，此刻已經退落，她看見了海灘上嶙峋的岩石。岩石其實一直是在的，只是潮水給了她忽略的藉口。藉口消失的時候，真相比先前更觸目驚心。

每個月一號，雷打不動，她的帳號上會匯進一萬五千元人民幣。每次都來自不同的帳號，不同的匯款人。她不認識那些名字，她用不著認識，因為她知道他們是誰。這些錢是繩子，這頭拴著她的生計，那頭拴著元林的嘴——這些錢買的是元林的沉默。只要錢還細水長流地匯進她的帳號，元林就依舊待在現狀之中。哪天這根繩子斷了，那就是元林終於鬆了口。或者是，元林不再需要守口。元林不開口則罷，一開口便是傾金山倒玉柱。

她很好奇，下個月的一號，她的帳號會有什麼樣的變化。

這一萬五千元人民幣，兌換成加元，大致是三千。三千加元，再加上政府補助的小孩牛奶金，是一條彈性有限的橡皮筋。付完房租伙食、她自己的學費、手機費、小書的書本雜費、洗頭的香波、擦臉的油，這根橡皮筋也就差不多扯到了頭。如果再加上這樣的一輛車（假設她能得到這輛車），還有它的全套附加費用，這條橡皮筋還能扯多遠？

到了這一步，她才明白好奇心已經引著她走入了一潭泥淖。她是小書的雨傘和天空，可是她自己沒有傘也沒有天，任何一片小小的落葉，比如一份昂貴的保險報價單，都有可能砸破她的頭。

她拉住小書，想轉身就走，可是已經晚了，門開了，一個女人站到了她們面前。曙藍的記憶有點模糊，她不記得自己到底是否按過門鈴，唯一可以確信的是：這個女人一直站在絲質窗簾之後，看著她們走過車道，走上臺階。就和昨天接電話時的情景一樣，女人彷彿已在門裡守候了幾個時辰。

「你就是藍？」女人斜靠在門上，擋著進門的路。

女人完全不是曙藍想像的樣子。女人的年紀有個大致的範圍，但這個範圍很寬鬆，從五十五到七十五都說得過去。女人老是老了，卻老得依舊有派頭，一頭灰色的頭髮被風輕輕撩起來，每一根都有彈性。女人穿著一件灰色的絲綢襯衫，深藍色的長褲，腰間繫的不是皮帶，而是一條暗黃色的愛馬仕絲巾。女人一身的衣裝都是亞光的，讓人想起細砂紙、高級洗滌劑、蒸汽熨斗、還有修練到這個審美境界的幾十年道路。曙藍沒有在女人的衣裝之下找到一絲贅肉。

「你遲到了二十分鐘。我可以容忍的期限，是十五分鐘。」女人看了一眼手錶，冷冷地說。

「史密遜太太，對不起，我們來晚了。要不下次再約吧？」

曙藍拉著小書的手，轉身離去，幾乎如釋重負。走下臺階，步入車道的時候，她覺出了背上的熱。她知道那是女人貼在她身上的目光。

「你難道不想解釋一下遲到的原因嗎？」史密遜太太說。

曙藍停住腳步，轉過身來。

「我不想編個理由騙你。」曙藍說。

這一回，是曙藍吊住了女人的胃口。

「關於遲到，還能有多少個版本的理由呢？不外是昨晚喝醉了，今天起晚了，鬧鐘停了，公車壞了，或者是金魚病了。」女人說。

曙藍和小書同時笑了。曙藍沒想到擁有這樣一座樓房這樣一輛汽車這樣一身服飾的人，依舊還可以擁有幽默。

「都不是。」曙藍說。

「那我就聽聽，你的實話。」女人說。

曙藍猶豫了一下。她已經失去了對這輛車的急切渴求，此刻她只是想脫身。

「媽媽和我吹蒲公英，吹得忘了時間，誤了一班地鐵。」小書突然插了進來。

史密遜太太怔住了。即使她擁有世上最富彈性的神經，也無法把想像力扯到那樣的地界。她從未聽說過世上存在著這樣離奇的遲到理由。

「你女兒，說的是真話嗎？」史密遜太太把目光從曙藍身上轉到小書身上，又從小書身上轉回到曙藍身上。

不要，千萬不要，臉紅。

曙藍暗暗地呵令著自己，可是沒用，她感覺到了一股熱氣湧上臉頰，然後慢慢地朝四周湮漫開來，到耳垂，到脖子，到額頭。

「平時，我打工，上課，她，也上課。等我把她從課後班接回來，天就，黑了。等到我和她都不上課，有時候有太陽，有時候，沒有。有太陽又不上課，又碰不上，蒲公英……」

曙藍結結巴巴地說。說一句，後悔一句，後邊那句恨不得立刻拽回前面那句，但總是慢了一步。後面那句非但沒有找回前面一句，反而拽出了再後面的那句。她越陷越深。她的神情，她的語氣，都合謀著把一些只不過稍微有些愚蠢的真話，演繹成了一堆破布絮般的胡言。

文科思維。嚴重缺乏邏輯。

她似乎聽見了元林的聲音。

「是我叫媽媽和我比賽的，看誰能一口氣把蒲公英吹成禿子。媽媽吹不過我，每一次都輸。她又不肯認輸，又要重來，所以誤了時間。」小書說。

史密遜太太走下臺階，彎下腰，直到她的眼睛和小書的眼睛成為一個平面。

「我不記得你告訴過我你的名字。」她說。

「我叫 Little Book，小小的書本。媽媽說我的名字起壞了，起了這個名字就不愛讀書了。我應該叫大大的書本，Big Book。」

小書說話的語速很快，單詞和單詞緊緊地縫綴在一起，中間沒有換氣的空檔。小書說話就像在跑百米賽，上氣不接下氣。

史密遜太太眼角的皺紋走動起來，曙藍看到了笑意。不過笑意是蜻蜓點過的水面，只擦破了一層皮。頃刻過後，蜻蜓飛遠了，水依舊是先前的水。

「你媽媽和你在一起，還做些什麼？」史密遜太太問。

「媽媽和我，在後院種菜，可是媽媽種什麼都瘦。我們家的黃瓜，只有媽媽的大拇指那樣粗。媽媽說黃瓜也和人一樣，需要保持身材，不是越胖越好。」

小書想起了家裡玻璃瓶中那些布滿了蟲眼、吃也吃不完的醃黃瓜，忍不住咯咯地笑了起來。

「每天打嗝，都是酸黃瓜的，味，味道。」小書笑得噎住了氣。

曙藍輕輕碰了一下小書的胳膊——這是她的鉗口令。她拴在小書頸脖上的繩子很長，長得讓小書幾乎忘了還有邊界。

「我女兒從小就愛說話，管不住。」曙藍抱歉地說。

史密遜太太看著小書，半晌，才輕輕地歎了一口氣：「孩子肯和你說話的時間，也就這麼幾年。一不小心，就錯過了。」

女人站起來，走上臺階，推開了門。

「你們進來吧，這麼熱的天，孩子需要喝口水。」

曙藍想拒絕，可是曙藍的腳沒聽從曙藍的腦子，她眼睜睜地看著自己木偶似的被女人牽引著，跨過了門檻。

The only thing I cannot resist is temptation.（世上唯一不能抵擋之物就是誘惑）

她想起了英文補習班裡學到的一句話。老師說這是愛爾蘭劇作家奧斯卡・王爾德的名言。

大理石地板。枝形水晶吊燈。三角鋼琴。雕花實木陳設櫃。櫃裡擺設著的瓷器和樣式奇特的酒瓶。屋裡的每一樣東西都貴，假如價格標籤還在，那上面的數字起碼是四位數。曙藍是見過這種排場的，在好萊塢的大片中。而小書卻沒有。小書這個年齡能看到的電影，只能是《獅子王》、《愛麗絲夢遊仙境》和《尋找尼姆》*8。

---

8 臺譯《海底總動員》（*Finding Nemo*）。

也許，無知不完全是件壞事，無知把小書裹在了一層真空之中。小書對屋裡的擺設毫無興趣，所以小書沒有顯露出絲毫一驚一乍的小家子氣。

小書走進屋子之後看見的第一樣東西，是一隻臥在窗臺上哂太陽的貓。她朝著貓走過去，貓看見她，耳朵抖了一抖，咕咚一聲從窗臺上跳下，也朝著她走過來。貓和她都沿著一條看不見的直線朝彼此走來，在屋子中間的地板上相遇。

貓是隻老貓，皮毛稀鬆，肚皮垮得幾乎拖到了地板。可是貓的眼睛卻完全是另外一碼事。貓的眼睛很大很圓，眼神飽漲，流出兩汪頑童似的戲謔。貓的尾巴高高地聳立著，隨著腳步一顛一顫。牠走到小書跟前，停住了，咻咻地聞著小書的褲角。貓看上去渾身是嘴，眼睛鼻子耳朵尾巴都在說話，真正的嘴卻置身度外，沉默無語。

貓對牠所聞到的氣味感覺滿意，牠用臉和頸脖表示著牠的親暱，在小書的褲腿上來來回回地蹭著，留下幾絲橘黃色的毛。小書在地上盤腿坐下，拍了拍膝蓋，貓猶豫了片刻，就跳了上來，把身子蜷成一個首尾相連的大肉團，窩在小書的腿彎裡。短暫的靜默之後，垂老鬆弛的聲帶扯動起來，扯出驚天動地的呼嚕。

史密遜太太很是驚訝。

「你女兒創造了一個小小的奇跡。平常家裡來人，Rascal 誰也不睬，眼珠子都不會挪一下。」

小書吃吃地笑了起來：「牠叫『流氓』？」（Rascal 意為流氓）

「那你覺得，牠該叫什麼？」史密遜太太問。

小書想了一會兒，才說：「我覺得它該叫話簍子（Chatterbox）。老師叫我話簍子，牠好像話也很多，你看牠的眼睛。」

史密遜太太和曙藍同時笑了起來。

「小小的書本，跟我從前見過的亞洲孩子，不太一樣。」史密遜太太說。

「你見過很多亞洲孩子嗎？」曙藍問。

「從前，我在一家公立學校教書。」史密遜太太刹住話題，搖了搖頭，彷彿在晃去一頭的塵土。「那是前一世的事了。」

「你覺得，小書，怎麼不一樣？」曙藍問。

史密遜太太沉吟了片刻，彷彿在尋找一個合宜的詞。

「自然。像沒有經過過濾的，陽光。」她最終說。

曙藍知道這是一句好話，可不知怎的，這句好話卻像根細棍子，捅著了她心裡的一個脆弱之處。

「也許，是因為，我從來對她沒有更高的要求。」她說。

史密遜太太起身去廚房倒水。

曙藍在一張雙人沙發上坐下來，繼續不動聲色地觀察著屋子裡的擺設，或者說，屋子裡曾經有過的擺設。貼著英式花紋壁紙的牆已經空了，顯露出幾塊巨大的色斑——那是油畫曾經替牆壁擋下的陽光。油畫都取下來了，包裹在厚實的牛皮紙裡，一張挨一張地貼牆站著。一張巨大的豎幅，兩張中等尺寸的橫幅，三張小方塊。包裝紙上都用膠帶貼著一個信封，曙藍猜想是原始收藏證書。帶著這樣證書的油畫，從這個客廳走出去，是走進另外一個同樣闊綽的客廳，供另外一些見過世面的眼睛一一鑒賞？還是進入一家拍賣行，成為那些宣傳手冊上的一個精美畫頁？曙藍悄悄地問自己。

鋼琴也是整裝待發，裹在幾層厚厚的泡沫塑料紙裡，上面捆著結實的尼龍繩。陳設櫃空了一層，陽光從窗簾縫裡鑽進來，落在那一層空著的隔板上，照出了一片白色的灰塵。灰塵分布不勻，有的地方比別的地方稀薄，那些稀薄之處是消失了的陳設物曾經佔據的地盤。沙發旁邊的茶几上擺著兩個銀邊鏡框，裡邊鑲著兩張照片，一張是一個穿著芭蕾裙裝的少女在舞臺上的劇照，另一張是一個女人和一個八、九歲的女孩子的合影。兩人蹲在一叢日本繡球前，風把她們的頭髮吹成一朵揚絮的蒲公英。曙藍過了一會兒才認出來那個女人是年輕時的史密遜太太。只是不知照片上的繡球是不是現在的那叢？

這兩個鏡框在茶几上的位置擺置得很均衡，曙藍一時無法判斷它們邊上是否曾經有過別的鏡框——一個鑲著男人照片的鏡框。

史密遜太太從廚房裡走出來，端出兩杯水，遞給曙藍和小書。

「是賣了房子，搬家嗎？」曙藍問。

「搬家和賣房，是兩個概念。」史密遜太太回答道。「賣房的人一定搬家，搬家的人卻不一定賣房。」史密遜太太說。

邏輯。曙藍想起了元林的話。曙藍覺得自己被攪進了一張邏輯學的蜘蛛網。

「我只是，搬家。那些從我身後搬進來的人，看見的只會是一座空房，一個僅僅由石頭和木材搭出來的空間，沒有內容，沒有靈魂。」史密遜太太說。

史密遜太太說這話的時候，牙齒和嘴唇都咬得很緊，聲音似乎是從毛孔裡出來的，嗞嗞的帶著一股寒氣，曙藍忍不住打了個哆嗦。

貓從小書的腿窩裡抬起頭來，伸出舌頭，在小書送過來的茶杯裡哧溜哧溜地舔了幾口水，又沉沉睡去。小書突然重重地歎了一口氣。小書很少歎氣。小書的歎息聽起來非常怪異，彷彿是太陽變綠、雞冠裡生出麥苗、米缸中鑽出恐龍。

「怎麼啦，你？」曙藍問。

「媽媽，我什麼時候，也可以有一隻貓？就像流氓那樣的？」小書說。

史密遜太太鬆了一口氣。「我以為，你遇上了天大的煩惱，原來你的願望，僅僅只是一隻貓。」

「房東太太不許我們，養寵物，不許我們……」

「小書。」曙藍輕輕叫了一聲，制止住了孩子。

小書的話只不過才開了一個小小的頭，後邊還跟著一條大尾巴，那尾巴長得可以拖出幾里路。房東不和她們住在一起，房東一家住在她們旁邊的另一座平房裡。兩座房子幾乎緊挨著，房東坐在陽臺上，就可以看見她們門前的一舉一動；她們在深夜裡的一聲咳嗽，都有可能驚擾房東的睡夢。

房東有規矩，房東的規矩列得很細：不能從正門出入。不能在未經允許的情況下留客人過夜。不能用猛火炒菜。不能使用車庫。不能在用電高峰期啟用洗衣機烘乾機。不能……不能……不能。世上有很多種不能，各自貼著各自的標籤，各自歸屬各自的主人。史密遜太太不會懂得曙藍的不能，就像曙藍也不會懂得史密遜太太的不能。

「這是你的女兒嗎？很美。」曙藍指著茶几上那個擺著芭蕾舞步姿的女孩，換了話題。

史密遜太太的眼睛亮了，彷彿瞬間落進了三個太陽。

「潔西還不會走路的時候，就已經會跳舞了。這張照片，是她跳《天鵝湖》時拍的，多倫多皇家芭蕾舞團，她是四小天鵝之一。」

「現在，還跳嗎？」曙藍問。她無法確定那張照片的年齡，所以，她也無法確定那個精靈一樣的女子現在的年齡，就如同她無法確定那女子的母親的年齡一樣。

史密遜太太在一張單人沙發上坐了下來，半邊臉對著曙藍，半邊臉對著那張照片，眼中的太陽漸漸墜落，暮色蒼茫。

「那一天，過完勞工節長週末，她要趕回去參加《胡桃夾子》[9]的排練，突然發現她的舞鞋磨出了一個洞，就去找那雙備用的。找了很久，眼看著就要遲到，終於找到了，打開盒子，卻發現已經不能穿了——她的腳不知什麼時候又長大了半號。她沒有時間和一雙新鞋子磨合，她坐在那裡，發了一會兒呆，突然就把鞋子一扔，說媽媽我不跳舞了。」史密遜太太說。

「那是她加入芭蕾舞團的第三個季節。為一樁這樣偶然的小事，一雙鞋子，說不跳，就不跳了，練了十五年。」

史密遜太太當年的震驚，似乎到現在也尚未消耗乾淨，就像是早晨起床時眼

9 臺譯《胡桃鉗》。

角的眵目糊，夜晚雖然早已消逝，白天卻依舊還在替它留存著蛛絲馬跡。

「也許，世界上，並沒有真正的，偶然。」曙藍喃喃地說。

「我的鞋子也頂破了。」小書說。「媽媽說我的腳比我的身體長得快，快太多了，所以我總是穿舊衣服新鞋子。」

史密遜太太笑了。小書在不經意間把兩個大人從情緒的窄巷裡拽了出來。

這時史密遜太太的手機突然響了。她猶豫了片刻，才接了起來。

「是的，還在。」她說。

曙藍期待著史密遜太太會重複那幾句不知已經用過了多少個回合的套話，關於面談，關於時間，關於地點……，可是她沒有。她只是說了一句「現在我不方便，以後再說。」便掛斷了電話。

她把手機調成了靜音，放到茶几上。

「電話很多嗎？」曙藍問。

「記不清了。七十個？八十個？或者更多？只是為這輛車，不算那些。」史密遜太太的手指在屋裡畫了一個人圈，圈進了鋼琴，油畫，陳設櫃，還有牆角那捆已經綁成一卷的波斯地毯。

「你是說，每一樣東西，你都安排面談？」曙藍吃了一大驚。

史密遜太太冷冷一笑：「你覺得我會把鋼琴交給一個一生沒聽過一場交響樂的保險推銷員？把七人畫派的畫，送給一個從未跨過美術館門檻的房地產商人？我的東西，只能送給懂得它好處的人。我把五百塊錢的標價說成是禮物，你不會反對吧？」

「每一樣東西，都是五百？」曙藍問。

「每一樣，都是。」

曙藍倒吸了一口涼氣。

「你不怕，有人轉手倒賣？」

「我有條件，我不許在短期內轉手。這個短期，是十年。十年之後的事，只有上帝知道了。」

「每一個來電話的人，你都約見？」

茶几上的手機扭動著身子，再次發出嚶嚶嗡嗡的聲響，像蜜蜂的翅翼在震顫。史密遜太太沒理會。

「怎麼可能？每一個人都見的話，我需要三個祕書。」

「那你，怎樣決定，誰該見，誰不該見？」

曙藍知道自己已經問得太多，她只是忍不住。好奇也是一種毒癮，染上了，就很難戒除。一旦越過了警戒線，一步和三步已經沒有區別。

「聽聲音就知道了，一句話就聞得出氣味。」史密遜太太說。

「我爸爸在辦公室打電話過來，我就聞得出他喝了酒。」小書說。

「你爸爸，常喝酒？」史密遜太太彎下身子，問小書。

小書在撫摩著流氓，一隻手朝左，另一隻手朝右，雙手交會的時候有一個小小的停頓，彷彿在相互致意。小書撫貓的樣式其實更像是在撫琴，流氓的呼嚕聲隨著小書的手高低起伏。

小書搖了搖頭。「我爸爸很少喝酒，所以他喝了酒，我就聞出來了。」

「安全嗎，這些人，你讓他們，到你家裡來？」曙藍問。

曙藍知道史密遜太太的舌頭也在漸漸走近一條警戒線，她只能用一個問題把另一個問題攔截在途中。

史密遜太太的臉色變得柔和起來。線條和輪廓都沒變，變的只是質地，曙藍在史密遜太太幾近乾涸的表情中找到了隱約一絲潮潤。

「每一個進我家門的人，我都保存了信息，我和我的律師各有一份。在進門之前，我都會事先告訴他們：我擁有目前世界上最先進的監控系統，這個家裡沒有死角。」史密遜太太平靜地說。

曙藍突然覺得牆紙上那些罌粟花蕊都是大大小小的眼睛，每一隻眼睛都窺見了她肌膚上的每一塊瘢痕，肚子裡的每一個小心機。她一身的汗毛都刷刷地豎立成針。

「我沒有事先警告你，是因為小書讓我分了心——你的孩子有點，與眾不同。」史密遜太太說。

「藍，我們開始吧，我想問你幾個問題，就像我問每個人一樣的問題。」

曙藍的屁股抬了一抬，那是告辭的姿勢，卻被史密遜太太的聲音按住了，一時無法動彈。

「你現在，從事什麼職業？」史密遜太太問。

曙藍躊躇了一下，小書卻已接過了話頭。

「我媽媽在學習園藝，將來要做園藝師。我媽媽不喜歡你的花園，說太整齊了，沒有生命。」

曙藍無地自容。她想把一句直接的批評修剪成婉轉的解釋，可是她沒有工具。在母語中她是一個設施完善的高級形容詞加工廠，在第二語言中她只是個街道企業級別的簡陋車間，只能生產品種極其有限的名詞和動詞。她的嘴唇顫動了幾下，預演著長篇大論的道歉，最後走到舌頭的，卻只是一個反反覆覆的「sorry」。

「史密遜太太，對不起，我和我女兒，浪費了你太多時間。其實，我只想告訴你，我不想要，那輛車了。」

史密遜太太吃了一驚。

「你趕了這麼遠的路過來，就是想告訴我這個？」她問。

都是陽光惹的禍。就是車頂上反射過來的那一縷陽光，割傷了曙藍的眼睛，把她從鋪著速度和激情的高速公路上拽下來，推入充斥著保險汽油維修停車費這樣乏味想法的爛泥淖中。世上許多重大決定，起因都是米粒一般大小的偶然事件，比如舞鞋上的一個洞眼，就能瞬間把一個芭蕾舞孃變成一個毫不起眼的售貨員。她不知道自己為什麼要把潔西後來的生活釘在售貨員這個位置上，儘管潔西完全可以是一名律師，一名教師，甚至是一個她母親憎惡的保險銷售員。也許，世上壓根沒有什麼偶然。每一樁偶然的身後，其實都有一長串的必然在推動。可是人能看見的，只是那個最終定格的瞬間，而不是身後那個冗長的過程。

「我現在還沒有正式工作，養不起這樣好的車。我事先，沒有好好想過。」曙藍囁嚅地說。

曙藍叫了一聲小書，小書知道是什麼意思，卻假裝沒聽見。曙藍又叫了一聲，小書拍了拍流氓。流氓也假裝不知道，紋絲不動。小書只好又推了牠一把，流氓這才百般不情願地下了地。

小書跟在曙藍身後，走到門廳，坐在鞋櫃上穿鞋子。流氓一路跟過來，繞著小書走了幾圈。流氓把身子豎起來，搭上了小書的膝蓋。流氓的鼻子貼著小書的鼻子，流氓伸出了舌頭，濕漉漉的，舔著小書的鼻子，一下，又一下。

「媽媽，我們可以再待五分鐘嗎？我捨不得，流氓。」小書懇求道。

「我們已經耽誤了史密遜太太很多時間，我們，必須要走了。」曙藍說。曙藍的語氣溫婉而堅定，像裹了一根鐵絲的棉花棒。

小書只好站起身來。流氓把身子拚得很長，擋在小書身前，尾巴劇烈地搖晃。

「媽媽，以後我們還可以過來，看流氓嗎？」小書問。

「史密遜太太要搬家了，以後，流氓會去一個新的地方。」曙藍說。

「媽媽，我好想，流氓。」

曙藍發覺小書的聲音破了，低頭看了小書一眼，驚異地發現了她眼中的淚水。小書很少哭，曙藍總覺得小書的淚腺是密封在一根不鏽鋼管裡的，可是今天，鋼管有了裂縫。有一樣說不清楚的東西在曙藍心裡攪動了一下，她的心也有了裂縫。她摟住小書，母女倆站在陌生人的門廳裡，相擁無語。

終於，曙藍鬆開了小書。

「小書，媽媽保證，明年我們一定搬家，你就能養，一隻貓了。」

她們推開門，沿著那條引著她們進來的車道，走到了外邊。正午的太陽氣勢正凶，將潮潤的濃綠晒成乾枯的褐黃，蝴蝶在半凋零的日本繡球樹叢裡飛進飛出，翅膀幾乎和背景混成一色。曙藍伸出小拇指，彎成一個圓，小書也伸出小拇指，套在曙藍的小拇指裡，兩人勾著手指走到了樹蔭底下——那裡是另外一個季節。

曙藍回過頭來，突然發現史密遜太太的房子不見了。就在她們沿著草地的邊緣往街面走的時候，她們的身後起了一場大霧——就和早晨她們來時一樣的霧。霧氣像一團厚薄不勻的棉花，在稀薄之處扯出一些洞眼。從洞眼望進去，隱隱可以看到房頂的尖角，可是很快就有厚的霧氣追上來，補上了前面的洞，房子最終無影無蹤地消失在霧氣之後。

「什麼個天啊。」曙藍輕聲自語。

「媽媽你在說什麼？」

小書在人行道邊上站住了，仰臉看著路邊一個男孩放風箏。風箏是一尾橙黃色的金魚，飛得很高，尾巴在風裡刷刷地舞著，一下一下地剪著天。

史密遜太太站在窗後，看著曙藍和小書手勾著手，沿著那條環形的車道行走。走過那輛寶馬車的時候，曙藍似乎慢下了步子，但也僅僅是慢下步子而已，並沒有停留。她們在說話，她聽不見她們在說什麼，但是她的鼻子聞到了她們說話的氣味——那是牛奶，蜂蜜，或許還有野花混雜在一起的味道。那是夏天的味道。

要是日子能像電視節目一樣，可以回放，她一定會撥回到潔西只有小書那麼大的時候。日子要是能回到那個時候，她就會懂得，潔西的童年和少年不光有舞蹈課、排練場，也還可以有溜冰場、睡衣晚會，再往後還可以有淺嘗輒止的毒品、偷偷摸摸的約會、藏在書包最深處的避孕藥，等等，等等。潔西的童年和少年是一張純淨的白紙，白紙的另一個定義是乏味。潔西是為了尋找別的色彩才厭惡了芭蕾舞的，舞鞋上的破洞只是駱駝背上的最後一根稻草。

假如日子能回到從前，她和潔西的關係，也許就不會是每個月一通的電話，一年兩次的見面，一次在聖誕節或者感恩節，另一次在她或她的生日。假如日子能回到從前，她也可以把小拇指彎成一個圓圈，讓潔西勾著她的手指一起散步，在家門前的草地上，或者更遠，就像那一對中國母女那樣。

不，假如日子可以回放，她會回到更早的時候，回到那個她決定辭去教職，成為提姆・史密遜的專職祕書和保母的日子。她無法改變那一天的決定，她只想把那一天從她的記憶中剔除，讓那一天成為她生命中的一個空白，如同有病的心臟漏跳的那一個節拍。

那個日子教會了她詛咒。她詛咒每一個孕育了那個日子的日子。她也用同樣的惡毒，詛咒每一個從那個日子裡衍生出來的其他日子。她不怕使用那些惡毒的詞語。她不怕下地獄，因為她已經在地獄。

她看見曙藍和小書繞過停車道，走到草地的外沿，漸行漸遠，即將成為街面上的兩個小黑點。曙藍似乎回了一下頭，剎那間她的心動了一動，幾乎要跑出去喊住她們。

她很想告訴她們：那個不能短期轉手的條件，其實只是一句沒有任何約束力的空話，除非她把它白紙黑字地寫在合同裡。而她，沒有跟任何一個從她家拿走任何一樣東西的人簽署過任何一份合同。那個叫藍的中國女人，其實完全可以把這輛寶馬從她家開走，直接開到二手車行，換一輛便宜結實的日本小車。從這樁交易裡掙下的錢，足夠供她十年的汽油和車保險費用。

不，不能。史密遜太太的腦了在最後一刻踩停了剎車，她的腳最終沒有邁出那一步，因為她想起了出手這些物件的初衷。她不是為了助人。或者說，助人不是她的主要目的。她的真正意圖只有她自己知道。或許，提姆也會知道，但不是現在。

她不能，絕對不能偏離最初設計的那條軌道。

那個叫藍的女人看起來有點蠢，因為她是這麼多來面談的人中唯一一個沒問「為什麼是這個價」的人。這個女人蠢得讓她有點感動，因為她也是唯一一個想到了主人是否安全的人。這個女人沒有問應該問的問題，卻在一個與她毫無關聯的問題上分了心，讓一絲忍不住冒出頭來的良善推偏了路途。

是的，她是喜歡這一對母女，從那個小女孩說出蒲公英的那一刻起。喜歡？史密遜太太吃了一驚。她已經很久沒使用過這個詞了，它不知何時已經成了她字典中的生僻詞。這個詞走過她的腦子時，幾乎有些扎膚的微疼。

生命中所有的陷阱都是來自同情和衝動。那個女人可以偏離軌道，她卻不能。她有她的標準，鋼絲一樣冰冷而不容彎曲的標準。這輛寶馬，還有這一屋已經包裝或尚未包裝的物件，都只能以象徵性的價格，出售給某一個類型的女人。落在她標準範圍之內的女人，必須是單身，獨自維生，不被男人供養也不供養男人。她只能依賴面談的那一刻鐘，至多半小時，來篩選那些女人。她問她們的問題，都是經過精心設計的，她能從中不露痕跡地得到她所需要的信息，卻又不至於讓人抓著把柄，惹出各種與膚色性別年齡糾纏不清的歧視指控——二十多年的祕書職業至少讓她掌控了在效率和法律中間走鋼絲的本領。這個叫藍的女人沒有戴結婚戒指，衣服明顯地在洗滌劑裡走過了多個來回，顏色和針腳都已磨損，她看起來急需一輛僅僅作為交通工具使用的二手車。但這個女人沒有給她機會進入她的生活，她甚至沒來得及在她的生活表層淺淺地刮破一層皮。她不知道這個女人有沒有男人，她不能用這輛寶馬縱容這個女人去幫助一個男人，讓男人慢慢滋生出足夠的力氣，來一腳踢開這個女人。

流氓跳上窗臺，攤平四肢躺下來，在嘶嘶的冷氣中繼續牠的午覺。牠的耳朵輕輕地抖動了一下，不知道是不是在做一個關於小書的夢？手機又開始震動。滿屋飛著蜜蜂。嚶嗡。嚶嗡。嚶嗡。嚶嚶嗡嗡。

這一次，她會去接。還會有別的藍，還會有別的小書，她們不是唯一。沒有人是唯一。今天，也許還有明天，她會記住她們。但她不敢擔保後天，更不敢擔保永遠。永遠是一個最短命的詞。

今天，就是今天了。史密遜太太對自己說。

其實，哪個日子都是合宜的日子，只是這個日子比別的日子更合宜一些。

下午她剛剛處理完最後一件需要出手的物件。不，還不能說是最後一件，因為她手裡還留著那輛寶馬車。她一直沒能找到一個合適的買主。今天早上，她突然決定留下那輛車——她想再派它一個大用場。

其實她的車庫裡還停著一輛豐田雅哥，她本來可以開著那輛車去見提姆，可那是一場嚮往已久的盛宴，她需要一副好吃相。而那輛寶馬，正是她的吃相。

她已經很久沒見過提姆了。這些日子裡，她和提姆之間的所有交往，大至交換法律文件，小至轉手一個處方藥瓶子，都是通過律師進行。「這樣有助於理性地解決問題。」這是雙方律師的建議。連提姆臨時住處的地址，她都是通過法律文件得知的。

今晚她決定去見他，沒有通知律師，也沒有通知他。想像著提姆見到她時的驚訝表情，她忍不住想笑。幾個月沒見，他左眼瞼之下的那塊色素沉澱一定又變大了幾分，而他的前列腺，肯定也比先前老了，也許老了幾年。前列腺的衰老不是勻速運動，過了六十，那便是自由落體，帶著滑坡般可怕的加速度。她睜著眼睛都能想起他站立在馬桶跟前，抖索著兩腿中間那根像變質了的香腸似的玩意兒時的樣子。他從未想過關上廁所的門，他沒想在她面前掩飾自己，因為她是髮妻。髮妻知根知底，男人在髮妻面前即使是穿著燕尾服也是赤身裸體。

髮妻是中國人的說法，她是從提姆那裡聽來的，而提姆，又是從他的香港客戶那裡學的。她覺得這個叫法聽起來有些韻味，儘管她並不真的理解頭髮和婚姻次數之間的關係。

這幾個月裡，律師在緊鑼密鼓地工作，她幾乎可以聽見計時器滴滴答答轉動的聲音。她並不著急。她聘的是整個加拿大東部最好的律師，七百加元一個小時。律師的費用出自她和提姆的共同銀行帳號，每割她一塊肉，他也得陪著挨上一刀，只要他不喊疼，她就能忍。她很慶幸從小母親就教她養成了一個好習慣：她從來不亂扔東西。一張當教師時的期終學生評語表，一幀辭職告別晚會上同事和她的合影，一頁小產後醫院開出的注意事項單子，一張電話留言便條……昨天或者前天留下的一片貌似無用的垃圾，卻能在最意想不到的時刻，成為今天的寶貝，給人製造一點小小的麻煩，或者提供一點小小的便利，甚至成為天平上的一個砝碼，為資產分割表增添或削減小數點之前的一個零。她並沒真想把自己的錢包撐滿，她只是想讓他的錢包變癟。

其實，她更想從他身上挖走的，是記憶。

律師告訴她：提姆在別的事情上都還算圓通，唯一堅持的，是他們一起居住了二十多年的這座房子。這座房子從第一張設計圖紙到外牆上鋪的最後一塊石頭，都是提姆親自挑選監督完工。屋裡所有的家具和飾物，都是提姆從世界各地的骨董市場和拍賣行搜尋而來的，一件一件，如燕子啣泥。律師說這座房子對提姆的紀念價值遠大於實際價值。律師還說房子是一條槓桿，有了這條槓桿，他就可以幫她撬起一個地球。

最初她不肯鬆口，後來終於同意，是因為她的律師讓她看過了對方律師起草的文件，上面要求她把房子「完好無缺」地交到提姆手中。提姆的律師很嚴謹，但還是沒嚴謹過她的律師。她的律師在第一時間裡就注意到了一個幾乎致命的漏洞——那上面並沒有具體標出屋裡的裝飾物。她可以把房子完好無缺地交給他，不少一片瓦，不缺一塊玻璃。但是他搬進去的，卻將是一個富麗堂皇卻徒有四壁的巨大空盒子。她要拿走的，只是他的記憶。她把他的記憶零敲碎打地賤賣了給一大群素不相識的人，他縱有天下所有的財富，也無法追回每一塊碎片，把它們還原成一個整體。一個沒有記憶的男人該怎樣活在世上呢？他會像月球上的宇航員那樣，因為失重而成為一隻蝴蝶，一條青蟲，在空中笨拙可笑地飄浮爬行？

她不僅要索取他的記憶，她還要索取他的安寧，讓他成為既沒有記憶也沒有安寧的人。

她選了今天去找他，還因為今天是他們初識的日子——四十一年前的今天。他留給她的第一印象就是安寧。他臉上沒有一絲可以洩露情緒的破綻，身上也沒有。她覺得即使是地震海嘯龍捲風在他眼前經過，他依舊還會那樣冷靜。後來她才明白，他這樣的人是老天為商場量身定製的。他在商場打了這麼多個滾，卻依舊能一個指甲蓋也不少地存活下來，靠的就是這份超奇的鎮靜。

那一年她大學畢業，在溫莎的一家公立學校教書，暑期裡到北安大略的一個夏令營地做義工，協調組織學生的各種文娛活動。而他那時還在多倫多人學讀研究生，學的是機械工程，這和他後來從事的職業沒有絲毫關聯。他也在營地工作，卻不是義工，他是營地僱用的管道工——他想利用暑期的時間掙出下一個學年的學費和生活費用。

她和他居住的宿舍之間，隔著一條窄小的山路，每天早上醒來，她都能聽見他在路那頭的小樹林子裡吹長笛。他的笛聲和他一樣，也沒有情緒的缺口，悠悠揚揚，拖得很長很長，長得讓她覺得他胸腔裡長著五片肺葉。後來他就約她在林中散步，居多在傍晚，有時也在清晨。她知道他對她有點小意思，卻不清楚那點意思夠不夠維持到夏天結束之後。

後來夏天過完了，營地關閉，她回溫莎，他回多倫多，分手時彼此留了一個通訊地址，但她不敢確定他是否真會給她寫信。回到溫莎一個星期之後，她收到了他的第一封信，從此他們就開始了熱烈的通信。熱烈指的是頻率，而不是語氣。他一週一封地給她寫信，談各種各樣的瑣事，從學生食堂的伙食，到論文導師的口頭禪，到宿舍窗口歇著的鴿子……像是什麼都說了，又像是什麼也沒說。她依舊懵懂，不明白他的意思。她忍不住跟母親傾訴。母親說寧靜的水流得更深更久，而任何激烈的情緒都注定短命。母親還說一個人假如不明白一件事情，最有效的解決方法，是直截了當發問。

她聽了母親的忠告，果真主動向他發問，卻不是直截了當。她在信中告訴他：她的學校新近來了一位男同事，和她很有話緣，他們在下課之後會一起散步一起看電影。這一次，她沒有像平時那樣及時收到他的回信。有一天，她下班回家，卻看見他坐在她家附近的人行便道上，手裡捏著一朵已經跟他走了一路、開始露出敗相的玫瑰。他說他下個學期就要畢業了，假如到溫莎來找工作，她覺得如何？這就是他的求婚。這也是他一生中做過最情緒化的一件事。

他把他的安寧保持了很久。不，不是很久，是永遠。結婚以後，她用各種方法嘗試過把他逼到牆角，逼到他的情緒像血管一樣爆裂。可是她失敗了。她發覺他沒有極限，即使是公司瀕臨破產，即使是女兒潔西突然決定放棄芭蕾舞生涯並離家出走，他依舊沒有丟失鎮靜和安寧。

可是，今天晚上，當他看見她以那樣的方式，出現在他的住宅門前時，他還能保持他的安寧嗎？假如他還能，那麼，上帝在製造他的時候一定是打了一個盹兒，抓錯了配方，他身上少了一樣人人都有的、引發情緒失衡的荷爾蒙。或者是，上帝把包裹他情緒的那層東西，隨手換成了金屬。

今晚，就在今晚，她最終將成功地突破他的極限。幾十年裡沒能完成的事，將在今晚的幾分鐘內完成。她將瞬間使他成為一個沒有記憶也沒有安寧，帶著失憶失重失衡的身軀，活至老死的人——假如那樣一種活法也可以被叫作活。只是遺憾，她看不到這個結局了。

史密遜太太仔細地檢查過了手提包裡的內容，然後起身進了浴室沐浴。這樣的盛宴值得最認真的準備，她已特意去專賣店買了專門的洗髮水、護髮素和浴液。今天大概是這一整年裡最炎熱的一天，空調已經片刻不停地嘶吼了十幾個小時，此時已筋疲力盡。她把水放得很涼，涼水觸碰到熾熱的肌膚時，立刻激起了一層細細的雞皮。嘩嘩的水聲中，她突然感覺浴缸震顫了起來，梳妝臺上的射燈抖了幾下，滅了，屋裡像被人潑了一桶墨汁，陷入一片沒有縫隙的黑暗。剎那間，她以為是地震。她摸黑擰滅了水龍頭，豎起耳朵聽了一會兒，才醒悟過來那是一陣驚雷。

暴雨來得非常突兀，幾乎沒有醞釀的過程。颶風把門前的雪杉樹壓得很低，枝條在窗戶和陽臺欄杆上撞出咣咣的響聲。雨砸到房頂上的氣勢，聽起來像是一萬把錘子，讓她覺得這座用石頭花崗岩和青磚構建起來的樓房，其實只是一個紙糊的盒子。她摸索著抓過一條浴巾，裹住濕漉漉的身體，坐在浴缸沿上瑟瑟發抖。她不記得見過這個陣勢的風雨。也許是她忘了，也許她是見過的，只是那時她在父親身邊，或者在丈夫身邊。她幾乎是從父親手上直接遞到丈夫手上的，中間沒有空白和間歇。有男人在場的雨都不能叫作雨，今夜才是她平生孤獨地面對的第一場暴風雨。

電燈閃了一閃，又亮了。光亮帶回了膽氣，她起身赤腳走過大理石地板，走到窗前，撩起窗簾。外頭風勢小了，雨也漸漸停了下來，濃雲已經開裂，星星在雲縫裡爆出一點一點的光，新鮮澄淨，彷彿什麼都沒有發生過。天沒有記憶。她想。地大約會好一些。這樣突兀的暴雨過後，地上的積水和颳落的樹枝瓦片大概會存積一兩天，但僅僅也只是一兩天。天和地都沒心沒肺，所以它們能活到永遠。

四周安靜了下來，暴雨之後的安靜裡夾帶著一絲劫後餘生的膽戰心驚。這時，電話驚天動地地響了起來，她的心臟一震，幾乎停跳了一個節拍。抓起來一看，是個不熟悉的號碼。接通了，那頭是片刻的猶豫，然後是一個細細的聲音。

「你是誰啊？」那頭問。

那是一個小女孩的聲音。

她幾乎被這個問題砸懵。大概是哪家的孩子在隨意拿著父母的電話玩。她想。

她想立刻掛線，這時她突然聽見那頭傳來一聲鼻息，她無法確定是不是抽泣。

「這個問題該我問你，你是誰？」她說。

「我是小書，Little Book。」那頭怯怯地說。

她怔了一怔，才想起那個來過她家的蒲公英女孩。

「你都不知道我是誰，怎麼會打我的電話？」她問。

「因為我按了重撥鍵。」小書說。

她又是一怔。這個孩子，假如不是太無聊，那就一定是太聰明。

「我是史密遜太太，你和你的媽媽，到我家裡來過。」她說。

「你家的貓，叫流氓。」女孩一下子想了起來。

「史密遜太太，我們這裡，斷電了，我，我害怕。」

她聽出了女孩的聲音在顫抖。

「你媽媽呢？」她問。

「我媽媽今天晚上有考試，不能接手機。」小書說。

「你一個人在家？」她聽見自己的聲音被驚訝撕開了裂縫。

「陪我的小姊姊，發燒，來不了。」

史密遜太太輕輕地歎了一口氣，說了半句「你媽，怎麼可以……」就停住了。和一個八歲的孩子講法律講行為導致的後果，沒有任何意義。

「你住哪裡？」她問。

門開得太急，史密遜太太沒有防備，幾乎一腳跌進屋裡。黑暗中有一隻手，摸索著伸過來抓住了她的衣襟。她彎下腰，想捏住這隻手，手掙脫了她的手，卻夥同另外一隻手，合攏來，緊緊地圍住了她的腰身。她立刻覺出了懷裡的溫熱。一個小小的身體，柔軟得彷彿沒有骨頭，隔著衣服貼著她的肌膚。恐懼如此輕易地吃掉了骨頭，蒲公英女孩瞬間變成了一個嬰兒。退化成嬰兒的女孩窸窸窣窣地抽著鼻子，哭出了聲。女孩大概已經忍了很久，委屈像一鍋熬得很濃的肉湯，咕嘟咕嘟地從毛孔裡往外冒著泡。

「不要，你不要，走啊……」女孩抽抽噎噎地說。

女孩的指頭幾乎陷進了她的肌膚裡，女孩害怕一鬆手，她就會化成煙消散在空中。她隱約聽見身上發出些嘎吱聲響，她以為是骨頭在碎裂。過了一會兒她才醒悟過來，碎裂的不是骨頭，而是她的心。她的心在一點一點地瓦解，漸漸融成了一灘水。

那個女孩依賴她，至少在這一刻。在母親缺席的時候，這個被黑暗和恐懼逼得窮途末路的女孩，選擇相信了一個僅僅短暫地見過一面的陌生人。

這是一種久違了的感覺。從前，當潔西還小，還不知道詞典裡存在著獨立、選擇、自由意志等等詞語時，也曾經這樣信任依賴過她。每當潔西害怕時，也會這樣緊緊地縮在她的懷裡，以為她有三個頭腦、八隻臂膀、九十九個膽子，擋得住世上一切雷電風雨地震海嘯黑暗和憤怒。但那是很久以前的事了，久得肌肉早已失去了記憶。而這個叫小書的女孩，提醒了她的肌肉，讓她回想起來，她的懷抱也曾是另外一個女孩的天空。

嗤。她聽見黑暗中響起一聲冷笑，那是清醒的自己在嘲笑糊塗的自己。清醒的自己告訴她這個女孩不是潔西，一切關於信任的聯想都是黑暗造成的騙局。黑暗的手強壯粗莽，不講道理，黑暗把陌生人肆意推搡在一起，黑暗消滅形狀也消滅距離。但是光明可以瞬間改變一切，黑暗世界裡的一切秩序在光明面前都不堪一擊。一盞燈就可以立刻讓黑暗中聚集的人作鳥獸散，教黑暗中建立的親密變得扭捏。

即使是這樣，那又如何？她聽見糊塗的自己在辯駁。糊塗的自己勸說她不妨享受一下黑暗製造的騙局，因為片刻的溫暖也勝過永恆的冷漠。她蹲在地上，摟著女孩，一動也不敢動，生怕一絲略微粗重的呼吸，也會教懷裡這團溫熱生出疑慮。她終於明白，此刻她需要這個女孩，遠勝於女孩需要她。

女孩停止了哭泣，漸漸地安靜了下來。她試探著伸出手來，輕輕撫摩著女孩的脖頸。失去了電源的空調形同虛設，屋裡的空氣厚如膠皮，女孩的頭髮和身子都是濕黏的。她驚訝體味也有年紀。同樣的汗味，在提姆身上泛上來是一股陳腐，而在女孩身上卻讓人想起草地幼樹和揚著絮的蒲公英。沒有電的世界裡有一種古怪的安靜，一些鮮活的東西死了，另一些被埋藏著的聲音開始蠢蠢欲動，她聽見了她自己的心跳，孩子的呼吸，蜘蛛在牆角吐絲築巢的嗞嗞聲，微風擠過牆縫和窗縫時的動靜……孩子的肚子突然發出了一聲響亮的呼喊。那聲呼喊拖得很長，中間有片刻遲疑，接著又拐了好幾道彎，似乎在向她們提示著飢餓所經過的千回百轉路途。兩人不約而同地大笑了起來，笑得幾乎失去控制。

「沒吃飯嗎？」她問女孩。

「媽媽給我留了義大利麵，冰箱裡。」女孩說。

她鬆開了女孩，站起來，拿出口袋裡的手機，打開了手電筒功能。她發覺她的手機還有百分之二十三的電池，她在腦子裡盤算著該怎樣分配這百分之二十三的能源，來應付至少還剩了百分之七十五的夜晚。

「家裡有蠟燭嗎？」她問女孩。

女孩茫然地搖了搖頭。

「有手電嗎？」

女孩還是搖頭。

她不知道女孩搖頭的意思是「沒有」還是「不知道」，但這已經不重要。她說了一聲「你媽媽，真是的。」就停住了。上一次的大面積停電，至少是在十五年前。那時那個叫藍的女人，還在另一個國度裡生活。而這個叫小書的孩子，還是宇宙中的一粒粉塵。很難讓人為一場十五年才發生一次的意外，綳上五千多個日子的心。

電筒把黑暗剪出一個邊角模糊的洞眼，在這個洞眼裡她發現了一張小小的圓桌，圓桌上放著一個蓋子沒有蓋嚴的小鍋，一個喝了一半的礦泉水瓶子，兩只結著嘎巴*10的碗，一盒還沒來得及收起來的麥片——那是早餐留下的匆忙現場。

她把女孩領到椅子上坐下，開始尋找冰箱。屋子很小，幾乎沒費什麼勁，她就找到了。冰箱是半空的，或者說，是半滿的。她看見了裡面有一顆切了一半的

10　指濃稠的液體或固體久放後乾掉結塊。

西蘭花*11，一盒用塑料紙包裹著的雞腿，一串布滿了黑色斑點的香蕉，三顆表皮起了皺褶的蘋果，還有一個裝著茄汁義麵的黑色塑料盒子——那是超市裡買的速食餐。她把那個塑料盒子拿出來，放進邊上的微波爐裡，徒勞地按了幾次按鍵，才意識到了自己的荒唐。她已經不能想像在電被發明之前的日子裡人是怎樣生活的，有過電的人永遠無法再回到沒有電的日子，有過電的人只能餓死在黑暗裡。

她在女孩的對面坐下來，拿過一個髒碗，從早飯剩下的麥片盒子裡，沙沙地倒出半碗麥片，遞給女孩。女孩接過來，把麥片倒在手心，再倒進嘴裡，滿屋便都是麥片被牙齒擠碎時發出的嘎啦嘎啦聲響。

她輕輕歎了一口氣。

「你喝點水。」她把那個剩了一半的水瓶遞給女孩，女孩接過來，咕咚咕咚地喝著，響聲刺耳。

「平常，你都吃速食晚餐？」她問女孩。

---

11 青花菜、綠花椰菜。

女孩沒有立刻回答。女孩嚥下了嘴裡的食物碎渣，才說：「我媽媽暑期課都安排在晚上，白天打工，有時候沒時間做飯。」

「她上課的時候，你都自己在家？」

女孩不知道這個問題引出的回答，會走向一個致命的陷阱，一腳踩進去可能萬劫不復。

「暑假才有問題。平常我放學之後有課後班，媽媽下班後來接我。晚上媽媽上課的時候，小姊姊會過來陪我。」女孩說。

「小姊姊？」史密遜太太疑惑地問。

「小姊姊的媽媽是我媽媽的同學，我媽媽讓我叫她姊姊。」

「你媽媽不在家的時候，小姊姊每次都來陪你嗎？」

「小姊姊來不了的時候，媽媽說我可以隨時給她打電話。可是今天她考試，老師說不可以看手機。」

史密遜太太沉默了。她有話，但不能說。不能說的話像炸藥的引信，在身體裡慢慢地潛行，走過的地方都灼熱——那是憤怒。她得把憤怒留存著交給孩子的母親，那個叫藍的女人。

孩子看不見史密遜太太肚子裡那條滋啦滋啦地冒著火花的引信，女人的沉默讓她害怕。

「對不起，我打了你的電話。」女孩怯怯地說。「媽媽叫我有事別找房東，房東很難纏。」

史密遜太太把桌子上的麥片碎渣揮到髒碗裡，又把髒碗放進了洗碗池。猶豫片刻，她才問：「你爸爸呢？」

這個問題女孩已經被問過多次了，被老師，被臨時照看她的小姊姊，被同學，被同學的媽媽，被房東，甚至被素不相識的路人。每一次，她都會保持沉默。可是這一次，她不想沉默。她不敢沉默。她覺得只有持續地說話，才可以留住這個幾乎陌生的女人。與恐懼相比，饒舌是一個微不足道的小毛病。

「我爸爸，在監獄裡，中國。」女孩說，語氣稍微有些結巴。

史密遜太太吃了一大驚。關於那些成了單身母親的女人，她想過許多可能性。喪偶，遺棄，婚外戀，家暴，一夜情，甚至強姦案的受害者……她那個範圍極廣的可能性單子上，唯獨漏掉了監獄。

她深吸了一口氣，用盡量平靜的語氣，問女孩：「是，為什麼？」

爸爸的事在女孩的心裡壓了很久了，已經壓成了一坨鏽鐵。她以為真相很重，吐出來一定會傷著筋骨，沒想到這個過程竟然這麼容易。她還太小，她尚不懂得黑暗使萬事萬物變質，黑暗是潤滑劑，黑暗是真相溜出嘴巴的最便捷路徑。她本來是想說「我不知道」的，可是突口而出的，卻是另外一些句子。

「我爸爸的公司借了很多錢，還不出來。我爸爸說還是蹲監獄吧，蹲監獄就可以不賣房子……」女孩說。

女孩還想說更多的，可是史密遜太太卻已經不想再聽。她以為她打開的只是一個鎖著好奇心的玩具盒子，跑出來的卻是另外一些東西。她不想在一個孩子的舌頭上找到魔鬼。

「我的手機，現在只有百分之九的電了，只夠我們找到床，躺下，等待你那個不負責任的媽媽。」

她對女孩說。

她倆沿著手電剪出來的那個窄小光圈，朝臥室走去。女孩牽著她的手，風暴之後的夜晚漸漸涼快下來，女孩的手不再熾熱。

「我爸爸的事，請不要和我媽媽說。是我，偷聽到了外婆給我媽媽打的電話，媽媽以為我睡著了。」女孩的一個指頭，輕輕地劃了一下史密遜太太的掌心，史密遜太太的手顫了一顫。

「今天，我們睡媽媽的那個房間，好嗎？我的房間，只有小床。」女孩說。史密遜太太怔了一怔，才明白過來，女孩是想讓她和她躺在同一張床上。

她沒脫衣服，也沒讓女孩脫衣服，兩人合衣躺在被罩上，各枕一個枕頭。不知掛在哪面牆上的石英鐘發出刺耳的呱噪聲，夜晚已經走了一半的路程。她關掉手電，把最後的那點電池留給某個可能發生的緊急狀況。女孩很安靜，一動不動，但她知道她還醒著，因為她看得見她的眼睛在黑暗中閃亮，像半夜裡匍匐在屋角的流氓。

過了一會兒女孩開始挪動，窸窸窣窣。女孩不是在翻身，而是在朝她慢慢地靠近。女孩有些忐忑，身子緊繃著，猶疑不決，試試探探，後來把頭枕在了她的胳膊上。女孩頭髮上的潮氣穿過史密遜太太亞麻襯衫上的纖維毛孔，滲入她的肌膚，她隱隱感受到女孩臉上細細的絨毛。女孩漸漸地放鬆下來，最終放上了身體的全部重量。史密遜太太知道她剛剛漿洗過的衣服，將會留下慘不忍睹的皺褶和汗跡，而她的手臂，很快就會麻木，可是她一動不動。

這幾個月裡，她和上帝有過無數次對話，有憤怒的質問，有卑賤的祈求，有進三步退兩步的討價還價，也有絕望的最後通牒。其實，這些都不該叫作對話，那只是她一個人的獨白，是她的譫妄囈語，而上帝從未回過話。

直至今晚。

這個躺在她身邊、把頭汗津津地靠在她胸前的女孩，就是上帝的回答。她見過了太多的魔鬼，她忘記了天使的模樣。上帝讓她經由魔鬼，看見了天使。

「寶貝，你睡吧。我在這裡，哪兒也不去。」

她聽見黑暗中有一個聲音在說話。那是一個陌生的聲音，音調語氣用詞都陌生。過了一會兒她才明白那是她自己的聲音。她不知道她砂紙般粗糲的心怎麼能發出這樣絲綢般的聲音。

女孩的呼吸漸漸粗重起來，腿突然蹬了一下。

「媽媽畢業……搬家……貓……」

女孩斷斷續續地說。

這是女孩陷入沉睡之前說的最後一句話。

暴風雨降臨的時候，曙藍的試題正寫到一半。燈短暫地滅了幾分鐘，就恢復了正常，打斷了的考試，又從斷茬上接續了下去。當時教室裡的人都不知道，這是學校的備用供電系統在運轉。還要等到更後來，他們才會從新聞裡得知：剛才這場老天突發的脾氣，已經把一個城市揉成了一塊千瘡百孔的破布，東半城的大部分街區，都陷入了停電狀況。就在他們埋頭寫試題的時候，他們家冰箱裡的雞肉和火腿腸，正在慢慢改變顏色和質地。冰淇淋心急一些，已經化為稀粥。

曙藍走出校門，發現城市已經面目全非。沒有了路燈的街道，突然失去了邊界和線條。星光裡的街面和建築物鬆散肥大模糊，像是一塊塊被水浸泡過的蛋糕，路中間到處散落著被風颳落的樹枝、垃圾、瓦片和廣告牌。沒有電的世界成了一部拙劣的科幻小說裡的地下城，曙藍腿上的肌肉突然失去了記憶，她幾乎迷路。她的腦子一下子裂成了幾片，一片管眼睛，一片管腿腳，一片管手，各司其職。眼睛在陌生的道路上焦急地搜尋著熟悉的地標，腿腳小心翼翼地繞開路面的水坑，手則從書包的隔兜裡惶亂地摸索著手機。

她焦急地給家裡打電話。

忙音。忙音。還是忙音。

後來她才知道是家裡的電話沒掛好。但這一刻，在路上，飄過她腦子的卻是些別的念頭，每一個念頭都是黑色的。她覺得腦子分成了更多的小塊，最後散了一地。

終於找到了平常搭乘公交車的那個站頭。她站在空無一人的候車亭裡，抬頭看見玻璃房頂上有幾片被雨水打濕了的楓樹葉子，平平地伸展開來，像憤怒的手掌。月亮是極為細瘦的一小沿，暗得幾乎照不亮自己。街上的車輛稀少，車速很慢，經過失去交通燈管轄的路口時，猶猶豫豫，不知所措，輪胎濺起的積水稠黏如墨汁。

她等了很久，公車一直沒來。她持續地給家裡打電話。依舊是忙音。她從手機通訊錄中找出了房東的號碼，剛撥通，卻又立即按掉了。她六神無主地發了一會兒呆，有一瞬間幾乎想撥打九一一，卻最終沒有——她知道這個電話的後果。

後來她放棄公車，改招優步，可是優步遲遲沒有回應。這個夜晚還行走在街面上的人，大概有一半都在呼叫優步。而又有幾個優步司機，願意在這樣的夜晚出門？

到此時她已經在街上等了整整一個小時。一小時是她的極限。耐心是在一小時零一分的時候突然磨穿的——她決定攔車。

她衝到街心，揮舞著手臂，大聲喊叫著「Help me, please!」（幫幫我，請你！）風把她的頭髮吹成一叢翻飛的蘆葦，空氣很沉，壓得她汗流如水，背包在空中甩出一個個瘋狂的半圓。那一刻她的樣子看起來像一頭得了失心瘋的母獅子。有幾輛車從她身邊緩慢地經過，又謹慎地繞開。新聞裡每天都在播報搶劫綁架強姦謀殺的消息，都市把人的心磨得很硬，暗夜裡救助一個陌生人已是上一個世紀的傳奇故事。曙藍對著每一輛開過來的車嘶吼，卻沒有一輛車為她所動。

她很快就扯破了嗓子，聲音開始嘶啞。呼吸的時候，她覺出了喉嚨裡的腥鹹。今晚她的嗓子是紙，而臉皮卻是金剛石。今晚沒有什麼東西可以磨破她的臉皮。

也不知過了多久，終於有一輛車在她身邊停了下來，車窗搖下，探出一顆花白的頭。

「搭車？」那人問，聲音孱弱如游絲。他握著方向盤的手老得像千年的樹根，他看上去大概一百三十九歲，經過了三個世紀五場戰爭十九次地震。

就在他搖下車窗的那一刻，她就已經飛快地用她的眼睛秤過了他的力氣。她知道以他的這副筋骨，她使七八分力氣就能和他打成平手，她不用恐懼意外，因為他能製造的所有意外都在她的掌控範圍之中。當然，她並不知道他肯為她停車的原因。老頭在搖下車窗之前，也已經目測過了她的身量和氣力，她看上去不像一個有危險的人，她僅僅只是焦急而已。即使她攜帶著他這一把年紀依舊沒能看透的危險，他也認了。他剛剛從急診室出來，他已經過膩了隻身一人在醫院裡進進出出的日子。在他這個人生階段，他的死法早已經不是懸念：一張病床，一堆管子。和這樣乏味的死法相比，死於一場冒險也還算合適。善心就是在這樣小心翼翼的盤算中，冒出了一個難以想像的芽頭。

「進來吧。」老頭說。「我的汽油已經很低，出門的時候太急，忘了加油。現在加油站都不工作，我只夠開十五公里，那是到我家的距離。我沒法把你載到家，只能順路把你捎到一個路口。」

她坐進了他的車。他說著他的抱歉，她說著她的感激，其實誰也沒在聽。兩人各有各的心事，一路無話，只聽著車輪在積水中刷刷地開著路。後來他把她放在了一個路口，從那個路口到她的家，平常步行大約需要二十五分鐘，可是那天她只用了十分鐘。她不是在走，而是在急跑，或者說狂奔。星光很暗，路上的她看不見自己的影子，泡著兩汪水的運動鞋隨著她的每一個步子發出咕嘰咕嘰的響聲。她一次又一次絆在石頭上，一次又一次地陷入水坑裡，那個夜晚她才第一次知道這個都市的街面像出過天花的臉頰一樣凹凸不平。可是她一次也沒有摔倒。每當她的膝蓋彎軟下去的時候，她的腿骨總能在最後一刻將她扶直。那天她感覺她的腿成了她的腦子，霸道卻冷靜地指揮著其餘的身體。

拐入她家那條小街的時候，她慢了下來。沿街的屋子裡幾乎都沒有光亮，街道安靜得讓人毛骨悚然，她不想驚動房東和鄰舍，她有祕密需要保存。她的身子慢了下來，心臟卻還沒有。當她躡手躡腳地走到自己的門前時，她覺得心臟猝然間膨脹了起來，像一團發得太過的麵，厚厚黏黏地要從她的身上找到一個出口。她感覺隱隱的疼痛，但說不清楚是哪裡，似乎是喉嚨，似乎是心口，又似乎是鼻孔。她的手顫抖得厲害，怎麼也捏不穩鑰匙。就在她摸摸索索地試著打開門鎖的時候，門從裡面打開了。她只來得及叫了一聲小書，就頭重腳輕地倒在了過道上。

天花板上有星星在飛，每一顆都拖著一條光亮的尾巴，像螢火蟲。嚼藍想伸手拽住一條尾巴，好把身子從地上拔起來，可是不行。身子並不重，重的是皮囊。皮囊是一副盔甲，眼皮也是，她扛不動那個重。

渾身上下，唯有耳朵沒有重量，耳朵是自由的。耳朵聽見一個人在她身邊蹲下來，窸窸窣窣地摸索著找東西，先是在她的書包裡，然後在她的外套口袋裡。曙藍知道那個人不是小書，憑腳步，憑那個身影在逼近她時傳過來的熱氣，熱氣也有面積。她以為只有光亮才能製造陰影，可是她沒想到黑暗也製造影子，影子比黑暗更黑。她使出渾身的力氣，終於把蓋在嘴唇上的盔甲推出一條縫隙。她想問「你是誰？」說出來的卻是「孩子？」

星星漸漸消失了。有人在說話。

「我需要你的手機。我的已經沒電了。」

曙藍怔了一怔，才醒悟過來那是英文。她隱約覺得那聲音熟悉，卻想不起和那聲音相匹配的面孔。記憶也穿著盔甲，她搬不動。

那人最終從她的外套側兜裡找到了手機，按亮了電筒功能。女人的臉在手電撕開的那個破洞中顯現出來，光線在五官的凹凸之處聚聚散散，製造出一團團詭異的明礁和暗湖。曙藍覺得這張臉和這個聲音一樣，都似曾相識，但是她依舊沒能找到那條連接臉和聲音的繩子。

「小書剛剛睡著。」女人說。

剎那間，盔甲咣啷脫落，身上的每一個零件都回到了應該在的位置。心、肝、脾、胃、盲腸、舌頭、眼皮……每一根血管都暢通無阻，她甚至能感受到血液刷刷流過的溫度。這是進入睡眠的最佳狀態，可是她的腦子不肯，腦子清醒得彷彿剛剛洗過了一個涼水澡。她一下子想起了那張臉和那個聲音的名字。

「史密遜太太，你怎麼，會在這裡？」曙藍驚訝地問。

「這已經不重要。我需要送你去醫院。」史密遜太太說。

曙藍搖了搖頭，用肘子撐起身子，靠著牆壁坐了起來。

「我沒事，只需要喝一口水。剛才，跑得太急了。」她說。

史密遜太太用手機引著路，走到廚房，拿起那個留有早飯和晚飯兩頓麥片屑的髒碗，在水池裡沖了沖，接了一碗水，遞給曙藍。曙藍急切地喝著水，咕嚕咕嚕幾乎像牛飲。史密遜太太也在地上坐了下來，兩人並排，相隔的是一個尷尬的距離，比熟人稍近一些，卻又沒近到朋友的地步。

「你知道，在加拿大，把一個八歲的孩子獨自留在家裡，會有什麼後果嗎？」史密遜太太問。

曙藍想說不知道。她其實不像元林認為的那樣傻，她完全可以編出一句聽起來甚至比真話更誠懇的謊言。元林用邏輯和推理抵達的路途，她可以用直覺和語言。即使她趕不上元林的速度，她至少可以比元林更安全地抵達目的地。但是她不想對這個在沒有交通燈的夜晚穿過大半個城市來營救她女兒的人撒謊。

「社會服務部會把小書帶走，交給一個暫時收養的家庭，假如被人發現的話。」曙藍說。「幸虧，她是給你打了電話。」

「你怎麼那麼肯定，我不會告發你？」

史密遜太太問這話的時候，語調上升了一個八度。

「因為，你也和我一樣走投無路。你懂。」曙藍說。

幸虧是在黑暗裡，她不用看著史密遜太太的眼睛。有些話，在有燈光的時候，是永遠說不出口的，黑暗使人厚顏。

她聽見女人跳了起來，不是身體，而是神經。女人的神經刷刷地豎成一片針葉林。

「你憑什麼覺得，我走投無路？」

女人的語調還想往上升，可是女人的聲帶卻已經扯到了頭，女人的聲音撕出了幾條裂縫。

這個問題不好回答，因為什麼樣的答案都殘酷。一樣是殘酷，不如就說真話，真話至少簡單。曙藍雖然清醒了，但依舊懶怠，不想斟字酌句。

「假如不是走投無路，你不會那樣糟踐，一屋子的好東西。」她說。

曙藍說完了，把頭埋進了膝蓋，用胳膊堵上了通往耳道的路途。她期待著女人把聲音磨成針錐刀戟，扎穿她的耳膜，在腦子裡留下一個邊緣模糊的創口。

可是女人沒有。女人沉默了很久，久到曙藍覺得女人已經默認了她的指控。女人最終也沒有回話，等到女人再開口的時候，話題已經轉了方向。

「你還是說一說，那個關在監獄裡的人吧。」

曙藍和元林結婚的時候，住的是租來的房子，他們在北京都沒有根。她老家在浙北，父母是退休教師，雖然家境比元林強一些，卻也沒有多少積攢，帳號上的餘錢相對於帝都的房價只是杯水車薪。

起初母親是反對的，是父親攔阻了母親。母親反對的理由是「怕家庭背景有些不同」，而父親反對母親的理由是「要相信小藍的眼光」。那是教書先生之間的說話方式。教書先生教慣了書，即使不在教室裡，還以為是在人前，說起話來斟字酌句，都經過了篩網，無論是支持還是反對都是細顆粒的。曙藍聽得出裡頭的意思。母親怕元林有種種鳳凰男常有的毛病，父親擔憂女兒在挑三揀四之後成為剩女。曙藍聽是聽了，卻沒聽進去，曙藍不想為或許發生或許不發生的事情操心。她認識元林時，元林的收入在他的同行中已經是翹楚，但這不是她決定嫁他的唯一原因。她只是覺得元林是她的藥，元林用直截了當簡單果斷的理科思維治好了她無病呻吟拖泥帶水的文科病症。

小書三歲的時候，他們買了房子，在京城四環邊上一個不錯的地段。雖然那時的房價還沒有到今天的程度，但首付對工薪族來說也已是個天文數目。元林的公司發展得很快，而元林在公司裡也發展很快——元林在五年之內成了副總。這兩樣速度疊加在一起，元林年收入的增長率就是一個幾何倍數。開始的時候，曙藍還是大致了解元林銀行帳戶裡的狀況的，後來元林又開了幾個帳戶，她漸漸地就迷糊了。偶爾想起來問元林家裡到底有多少錢，他的回答是「很多」。

「數字對有概念的人來說就是數字，對沒有概念的人來說是負擔。」這是元林的原話。她便不再過問。她至今想起來還是感激元林的，因為元林在擁有N多個帳號、並在幾個城市都置下房產的時候，並沒有要求她辭職，成為全職太太——儘管她是在事後才知道他的真實資產分布狀況的。

現在回想起來，當那個巨大的膿包還只是一滴幾乎可以忽略的積液時，她其實就已經看到了蛛絲馬跡。家裡那些接起來卻不開口的神祕電話、上超市買菜時身後時隱時現的尾巴、學校停車場裡車身上莫名其妙的刮痕……當時她就想到了元林，但她的想像力只夠帶著她走一條最常見的路。她覺得元林在外頭有了別的女人——畢竟女人是所有發跡故事裡不可或缺的一個章節。

其實她開始對元林產生懷疑，還不是這些事，這些事只是把她的懷疑串成了一條線。元林的電子設備密碼都很刁鑽，微信也不設內容提醒，他的手機是一座壁壘森嚴的城，曙藍從未奢望過攻城。但元林身體的那座城卻是敞開的，並未設防，曙藍從門外一眼就看進了底裡。元林在床上的樣子變了，元林在床上有了另外一張臉。床上的元林有點窮途末路的樣子，姿勢手法位置力度都與先前不同。他把她的身體變成一個實驗室，他摧毀、建立、擷取、驗證，進行著各種複雜的實驗過程。開始時總是野心勃勃，似乎要從她的身體裡掏出一個不是她的她，但結果總是虎頭蛇尾，力不從心，因為她始終還是她，無論在什麼實驗條件下。完事後他總是立刻背過身去，不想讓她看見他的臉。可是脊背也有表情，脊背的表情無法塗改遮掩，脊背上明明白白地寫著沮喪——有對她的，也有對他自己的。

她就知道元林的身體渴望新鑰匙，他想用新鑰匙開一把舊鎖，可是鎖不認新鑰匙，鑰匙也不認舊鎖。於是他們就只能隔門相望，他進不來，她也出不去。

後來他就不再嘗試。

她沒想到，在元林的故事裡，女人只是一縷微不足道的過眼煙塵。

最初幾年他們在一起的日子還是和諧的。激情談不上，激情不是任何一個配偶可以給予的，配偶能給的只是短暫的欣賞和長久的容忍。他們至少是有共同的目標的——撫養孩子，供房貸，照顧雙方父母。元林和曙藍都同意孩子不能由老人帶，因為老人在孩子身上留下的痕跡，需要孩子的父母清理一輩子。他們照常上班，把小書作為一個包裹，在托兒所幼兒園和小保母之間來回傳送。金錢是一張可粗可細的砂紙，磨去了人際關係中大大小小的溝壑，造就了一個感恩戴德的婆婆和一個放心的岳母。婆婆岳母和故土一起，被他們留在了遠方，以供平常日子裡懷念，節假日時拜訪。他們不用像他們的同學朋友那樣，由於捉襟見肘的經濟狀況而把老人招來身邊替代保母。於是，婆婆的挑剔終究沒有機會顯現給曙藍，岳母關於鳳凰男的種種疑慮，終於也沒能落到實處。那幾年裡曙藍見識了日子的瑣碎，但沒有觸摸到日子的粗糲，粗糲是後來才來的，來得很突兀。

沒有人能把婚姻最初的狀態維持下去，即使是灰姑娘和王子的故事，也止於婚禮。日子是河流，人站在水中，水時時刻刻在朝前流，人時時刻刻在蛻皮長大變老。人留不住水，水留不住人，人也留不住自己。

曙藍以為街面上流傳的鳳凰男故事只是一種拿出身論英雄的刻薄責難，她沒有看穿元林皮囊之下血肉裡藏得很深的那點自卑，也沒能把零星的現象追溯到本質的源頭。她不知道從鳳凰男到英雄是一個貫穿一生、有始無終的浩大換血工程。元林需要向世界證明身世之說的荒謬——向他的父母，向他的妻女，向他的叔叔伯伯，向每一個童年時打過他的男孩，向每一條小時候咬過他的狗，向每一個曾經拒絕借錢給母親的鄰居，向每一棵見過他流淚的樹木，向所有不願和他約會的女同學，向那些用不屑的眼神打量過他的商場導購……證明了一次，不夠，還想證明第二次。證明了第二次，還有第三次。欲望也是毒癮，掉進去的過程很短，爬出來卻需要一生。先是濃密的髮際線，再是結實的胸肌和小腹，再是光滑的額頭，再是淚腺，再是皮實的睡眠……元林一樣一樣地把自己賠給了路途。等到他再無可賠的東西時，他押上了靈魂。

這都是曙藍後來才醒悟的，而當時，她卻以為他僅僅是賠上了忠誠。她從未真正理解過元林，她認為的理解其實只是誤解。那些在他出差時鑽進過他被窩的女子，他從來不記得她們的臉，更不用說名字。他從她們身上擷取的，只是身體的歡愉和激情。那些女人經過他的身體，卻從來沒有經過他的腦子和記憶。他用金錢購買她們的一個個夜晚，就如同他去商場購買一件家裡缺失的貨物。從這個意義上來說，他從未出過軌，他對婚姻從頭至尾忠誠。

當然，那是元林的想法，不是曙藍的。

曙藍看到那些蛛絲馬跡之後，沒有去質問元林，她不想把猜測坐落成事實。曙藍唯一想做的，是逃離。當她告訴元林她想出國讀書時，她以為她要費上一番唇舌。她事先想好了周全的對策，包括理由，包括用詞，包括語氣和態度。沒想到元林立刻同意了，並積極著手替她辦理各樣手續。「也該留一條後路。」元林說。她沒聽懂他的弦外之音，他說的是他的身家性命，她卻以為他想要空間和自由。他們總是誤會著彼此，他們是走在同一條路上的陌生人。

沒想到手續很快就辦了下來。臨行的那幾天，元林下班就回家，陪她們整理行裝。該交代的都交代過了：接機人的聯繫方式，新移民接待中心的電話號碼，臨時住處，銀行帳號，禦寒的衣物……一個將近十年的家，拆起來放在地球的兩處，其實也無非就是幾件瑣碎。能說的就是這幾句，半個小時就說完了。不能說的，給再多的時間也沒有用。交代完瑣碎，曙藍和元林幾乎無話可說。空氣在兩人的沉默中被擠壓成固體，身子撞上去隱隱生痛，曙藍幾乎想早點動身。

幸虧有小書。元林每天下班就和小書膩在一起玩遊戲——小書那幾天難得不用寫作業。曙藍知道元林是在彌補，彌補這些年來所有的加班，出差，飯局和懶覺，彌補所有該去而沒去的家長會，所有臨時取消的春遊秋遊，所有買了又作廢了的電影院動物園遊樂場門票。曙藍沒有阻止小書，因為她知道接下來塑造小書會是她一個人的事，她還會耗上長長的幾十年，她不怕耽擱幾天。

開車去機場的路上，曙藍和元林依舊無話。自從對元林有了猜疑，曙藍覺得再也無法和元林聊天。正經話可以用謊言來說，閒話卻需要絕對真實。她覺得元林已經對她撒過了謊，她就再也不能看著元林的眼睛聊天。不看著人說的只能是正經話，或者謊言。正經話早已在前幾天講完了，她不想說謊，於是她只好保持沉默。

「那件新買的加拿大鵝羽絨服口袋裡，有一張終生國際保修單。你開箱子的時候記得打開來收好。」元林說。

她點了點頭。

「等你到了加拿大，爸爸給你從當地預訂一個蘋果手機，最新的，米妮鼠外殼。」元林對後座的小書說。

「七歲的孩子不需要手機。」曙藍扭頭看著窗外，輕輕地接了一句。

「不裝任何 app，只用來接打我的電話，專線。」元林說。

元林這話似乎是對孩子說的，又似乎是對大人說的。大人沒接話茬，孩子卻咯咯地笑了起來，彷彿元林說了個逆天的笑話。

「爸爸你是用大砲打蚊子。和你說話用不著這麼貴的手機，電腦上用 Skype 就行了。」

元林伸長頸子，在後視鏡裡看了一眼小書，半天才說：「這個辮子，是你自己梳的嗎？怎麼是歪的。」

小書哼了一聲，又忍不住笑。「爸爸是你歪著頭看我，我的辮子沒歪，你眼睛歪了。」

小書知道今天是出遠門，可是在小書的腦子裡，出遠門和出近門都是出門，出門隨時可以回來，出門和離家沒有關係，七歲出的每一趟門都是歡喜。

曙藍看著窗外的樹木已經很是稀疏了，枝椏的分叉處顯露出黑黢黢的鳥巢。

風吹過長街，隔著玻璃也可以聽見嗚嗚的響聲。行人道邊上有梧桐落葉滾過，蜷曲著身子，像一隻隻捏得很緊的拳頭。在她即將抵達的那個國家裡，有一個嚴酷的冬天在等候著她。在春天裡適應一個陌生的國度，總比在嚴冬裡容易。可是她無法等候到春天。在元林身邊度過一個漫長的沉默的冬季，讓她想起來都要打上一個寒噤。她需要像貓那樣躲在遠處獨自舔淨傷口。她寧願在嚴寒中讓傷口結痂，也不願在暖春中讓傷口化膿。只有等那傷口結上痂了，她才可以回來，站到元林的面前，看著他的眼睛，在講完天氣之後，用真話質問他，也要求他用真話回答。不過，也許，她壓根就不用質問，也不求回答，而是簡簡單單直截了當地遞給他一份他只需要簽字的文件。

一切的一切，都是在她出完遠門歸來之後的事。

到了機場，托運過行李，正要進安檢門的時候，元林突然拉住了小書。

「怎麼看怎麼彆扭，你的辮子。」元林說。

元林從他的西服口袋裡摸出一把小梳子，扯鬆了小書的辮子，就要給她重梳。大庭廣眾之下，小書已經知道了害羞，掙脫著不肯。曙藍輕輕扯了一下小書